우리는 지금
일본에
살고 있어요

김 철
김기환
김형경
박성재

우리는 지금 일본에 살고 있어요

P:AZIT

프롤로그

우리는 한국인입니다. 그러나 우리는 지금 일본 오사카에 살고 있습니다. 이것만 보더라도 우리가 살아온 인생의 궤적이 조금은 특별하다고 느껴졌습니다. 어쩌면 특별한 이야기를 할 수 있겠다는 생각이 들어 네 명의 남자는 한 데 모여 책을 쓰기로 했습니다. 누군가에게 우리의 이야기를 들려줄 수 있다는 것만으로도 가슴 벅찬 일이었습니다. 그 설렘으로 한 글자 한 글자 써내려 가는 내내 이상하게도 걱정이 커져만 갔습니다. '우리의 이야기가 독자의 마음을 두드릴 수 있을까?'하는 의문이 들었기 때문입니다. 그렇다고 중도에 포기할 수는 없었습니다.

생각해 보니 네 명의 작가는 너무나도 달랐습니다. 일본 오사카에 살고 있다는 점 외에 공통점이 또 있을까 싶을 만큼 다른 사람들이었습니다. 그래서 우리는 각자의 인생에서 가장 특색 있는 이야기들을 글로 쓰기로 했습니다. 30대의 늦은 나이에 일본 취업에 성공해 늦깎이 신입사원이 된 남자의 이야기, 일본에서 디자이너로 살며 일본인 아내와 소박하지만 행복하게 살고 있는 남자의 이야기, 매주 각국의 친구들을 초대해 한국 음식을 대접하고 있는 남자의 이야기, 미국에서 공부하고 일본에서 취업을 한 남자가 일본 문화를 보며 느낀 점까지. 그렇게 우리는 1년이라는 시간 동안 글을 쓰고 지우고 또 쓰고 지우며 책을 완성했습니다.

우리는 이 책을 통해 일본에서의 취업, 연애와 결혼, 사교, 문화에 대해 이야기합니다. 일본에 취업하고자 한다면, 사랑하는 사람이 일본인이라면 혹은 일본인과 결혼을 준비하고 있다면, 낯선 땅 일본에서 외롭지 않게 지내고 싶다면, 일본 문화의 현실에 대해 조금이라도 알고자 한다면 반드시 이 책을 읽어 주길 바랍니다. 분명 네 남자의 글을 보면서 고개를 끄덕였다가 슬며시 미소를 지었다가 또 가끔은 눈시울을 붉히게 될 것입니다. 사는 곳이 다를 뿐, 결국 우리는 사람 사는 이야기를 하고 있기 때문입니다. 그렇기에 똑같지는 않겠지만 비슷한 이야기들에 공감하고, 비슷한 듯 다른 이야기들에 재미를 느낄 수 있을 것입니다.

책을 쓴다는 것은 마치 고백을 앞두고 하나하나 단어를 고르는 것처럼 신중하고 설레는 일이었습니다. 그래서 우리는 에피소드를 걸러내고, 표현을 다듬으며, 우리의 일상을 정제시켜 나갔습니다. 물론 이 책에 다 담아내지 못한 이야기들이 훨씬 많습니다. 언젠가 기회가 된다면 더 많은 이야기를 들려 드릴 수 있길 바라며, 이쯤에서 진짜 우리의 이야기를 시작하려 합니다.

목차

김기환: 일본에서 〔취업〕하다

김형경: 일본에서 〔친구〕를 만들다

박성재: 일본에서 〔문화〕를 이해하다

김철

일본에서 〔 연애 〕하고 〔 결혼 〕하다

Ep 01

가족愛 그리고 하늘

도기맨 하야시. 전 세계의 반려동물 브랜드 매출 4위, 강아지 간식 카테고리에서는 매출 1위를 기록하고 있는 기업이다. 나는 코트라(KOTRA)를 통해 운 좋게 디자이너로 취업할 수 있었다. 디자이너 특유의 직업병으로 매주 물리 치료를 받아야 하는 인생이지만 나는 내 일을 사랑한다. 내가 디자인에 전념할 수 있도록 힘이 되어 주는 존재들이 있는데 그 중에서도 가장 큰 힘을 주는 건 바로 하늘이다. 직무의 특성상 한 가지 일에 집중해야 하는 경우가 많은데, 내 자리 바로 뒤의 커다란 창문으로 그림처럼 수놓아진 하늘은 나의 집중력 향상에 아주 큰 도움이 된다. 매일 아침 따뜻한 햇살을 받거나 미묘하게 달라지는 계절의 냄새를 느낄 수 있어서 좋고, 일하다가 힘에 부칠 때는 창문을 열고 하늘을 보는 버릇이 있어 심리적으로도 안정감을 느낄 수 있다. 이 버릇은 나의 인생에 큰 영향을 끼쳤는데, 바로 일본살이가 '하늘 보기'로부터 비롯되었기 때문이다.

나는 자동차 디자이너를 꿈꾸는 한 명의 고등학생이었다. 그맘때의 나는 연탄장수처럼 손이 늘 새까맸는데, 연필 소묘나 파스텔 작업을 할 때면 손을 도구 삼아 그림을 그려야 했기 때문이다. 대학 입시 기간에는 매일 12시간씩 그림을 그리다 보니 종이와 손 사이의 마찰열로 지문이 닳아 없어지는 건 기본이고, 심할 때는 손끝에 피가 나서 반창고를 붙이는 게 일상이었다. 나는 그림만 잘 그리면 대학에 갈 수 있다고 믿는 철부지였기 때문에 공부에 게을렀고 그 결과 언어, 수학, 외국어 등 주요 과목에서 모두 7등급을 받았었다. 그러나 그림만큼은 누구에게도 지고 싶지 않았기에 저녁 10시에 학원이 끝나면 집에 돌아가 새벽 1시까지 그림을 더 그리곤 했다. 공부는 못해도 그림만큼은 착실하게 그리던 나였지만 친구들의 유혹에 못 이겨 흡연을 시작했다. 그 후로 생각만큼 그림이 잘 그려지지 않을 때면 어둑어둑해진 골목길에 몰래 나와 뽀얀 담배 연기를 하늘에 내뿜으면서 자연스레 하늘을 올려다보곤 했다. 그때마다 나는 두 손을 꼬옥 쥔 채로 훌륭한 디자이너가 되겠다고 마음먹었다.

그렇게 그림에 미쳐 있던 난 대학에 무사히 입학했고, 국내외 공모전에서 여러 차례 수상하면서 콧대가 한껏 높아져 있었다. 멋모르고 까불던 나에게 아버지께서는 이런 말씀을 해 주셨다.

아버지 : 디자이너라면 우물 안의 개구리가 되어서는 안 된다. 세계 공통어인 영어 실력을 갖추고, 넓은 세상을 보는 안목을 길러야 한다.

아버지의 깊은 속도 몰랐던 철부지는 이렇게 답했었다.

나: 번역가를 채용할 만큼 부자가 될 테니 영어는 필요 없어요.

그러나 얼마 지나지 않아 어학연수를 가는 친구들이 많아졌고, 내 선택이 어리석었음을 깨달았다. 나도 질세라 부랴부랴 아버지께 어학연수를 가겠노라고 말씀드렸다. 아버지는 이때다 싶었는지 서둘러 출국 준비를 해 주셨다. 그러나 출국을 2주 앞두고 상상도 못한 일이 벌어졌다. △△은행의 지점장으로 계시던 아버지께서 대기 발령 통보를 받으셨던 것이다. 그야말로 마른하늘에 날벼락이었다. 나는 어학연수 비용을 환불받아 가족이 조금이나마 편해지는 게 좋겠다고 생각했다.

나: 아버지, 가족 모두가 힘든 시기에 저 혼자 큰돈을 쓰면서까지 공부를 하고 싶지는 않아요. 유학 비용을 모두 환불하고 생활비에 보태시는 게 어떠세요?

아버지: 아들아. 공부에는 언제나 시기가 있고 앞으로 네게 이런 기회는 다시 오지 않을 거란다. 아버지 걱정은 말고 몸 조심히 다녀오렴.

아버지께서는 이 대화를 끝으로 더 이상의 대화를 거부하셨다. 그리고 그날 저녁, 마음이 뒤숭숭한 나는 통 잠을 이루지 못하다 새벽녘에 물을 마시기 위해 방문을 열었는데 누군가 나지막하게 흐느끼며 우는 소리를 듣게 됐다. 컴컴한 거실 한켠에는 바닥에 나뒹구는 빈 소주병 세 병과 함께 평소 주량이 소주 한 병인 아버지의 모습이 어렴풋이 보였다. 아버지는 20년간 몸 바쳐 일한 직장에 대한 서운함을 감추지 못하고 한 손에 소주잔을 꽉 움켜잡은 채로 울고 계셨다. 난생 처음 보는 아버지의 모습에 나는 형언할 수 없는 감정 하나가 목구멍까지 차오르는 것을 느꼈다. 그리고 애써 아버지를 못 본 체하면서 무언가를 다짐하듯 이를 꽉 깨물었다.

이런 복잡미묘한 감정을 안고 떠난 곳이 바로 캐나다였다. 내가 살던 곳은 캐나다 토론토 핀치의 한 맨션이었는데, 맨션을 중심으로 동쪽으로는 단독 주택 단지가 펼쳐져 있었고, 서쪽으로는 높이 뻗은 고층 아파트가 줄지어 서 있었다. 그러니 동쪽 창문을 통해서는 단독 주택이 지평선까지 닿아 있는 진풍경을 매일 볼 수 있었다. 도심과 자연이 어우러진 그림 같은 풍경은 매일 아침 나를 맞이해 주었고, 나는 그런 풍경을 볼 때마다 아버지를 떠올리며 열심히 공부하겠다고 다짐하고 또 다짐했다. 그리고 그 아름다운 풍경을 아버지와 공유하고 싶은 마음에 맑은 날이면 어김없이 하늘 사진을 찍는 취미를 갖게 되었고, 한국에 돌아온 후에도 하늘이 맑을 때면 꼭 사진으로 남기곤 했다. 그렇게 하늘은 나에게 긍정의 에너지를 주는 원동력이자 가족에 대한 그리움과 사랑을 투영한 나의 버팀목이 되어 주었다.

캐나다 어학연수를 통해 가족에 대한 사랑을 더 크게 느끼게 된 나는 한국으로 돌아와 무사히 대학을 졸업했다. 동기들이 하나둘 대기업에 취업하기 시작하자 나도 서둘러 돈을 벌어야 한다는 강박에 휩싸이기 시작했다. 그즈음 부모님께서는 오롯

이 혼자만의 힘으로 일본 교토에서 대학 생활을 하고 있던 동생을 만나러 일본에 다녀오자고 제안해 주셨다.

그렇게 처음으로 방문한 2017년 8월의 일본. 섬나라 특유의 높은 습도가 숨을 턱턱 막히게 했고, 온몸에 수도꼭지를 틀어 놓은 것처럼 땀을 흘리게 만들었다. 하지만 내 입가에는 미소가 멈추질 않았다. 미세먼지 없이 투명한 교토의 하늘이 나를 매료시켰기 때문이다. '누이 좋고 매부 좋다'는 속담처럼 동생을 보러 간 일본에는 내가 모르는 새로운 하늘이 있었다. 서울에서는 비가 온 뒤에만 볼 수 있을 만한 맑은 하늘을 일본에 있는 4박 5일 동안 내내 볼 수 있었던 것이다. 내가 일본 취업을 준비하게 된 데에도 어쩌면 그날 일본의 하늘과 가족의 영향이 크지 않았나 싶다. 특히 그날의 하늘이 준 감동이 지금도 이어지고 있어 지금도 가끔 길거리에 혼자 우두커니 서서 연신 핸드폰의 카메라 셔터를 누르곤 한다.

코트라의 2021년 해외 취업 수기집에 이런 글이 실렸던 적이 있다. **'해외 취업을 위해서는 자격보다 해외 생활에 맞는 성격과 자질을 기르는 게 더 중요하다.'** 나는 생각했다. 해외 생활에 맞는 성격과 자질이란 무엇일까? 개인적으로는 '일본에서만 느낄 수 있는 행복'을 찾을 수 있는 능력을 말하는 것이 아닐까 싶다. 나는 캐나다의 하늘을 보며 아버지를 생각했고,

일본의 하늘을 보며 행복을 느끼고 있다. 이 정도면 일본에서 살아갈 만한 충분한 자질을 가진 게 아닐까 생각한다. 해외 취업이나 이주를 생각하고 계신 분들은 돈으로 살 수 없는 행복 하나쯤은 찾아서 편안하고 행복한 이주를 하시길 바란다.

Ep 02

일본에서 내 집을 마련하기까지

취업하겠다는 다짐 하나로 나는 2019년 9월 오사카행 비행기를 탔다. 일본 생활에서 내가 가장 중요하다고 생각한 것은 집이었기 때문에 일본어가 서툰 내가 집을 구할 수 있도록 교토에 거주 중이던 동생이 한달음에 달려와 주었다. 나는 한국에서도 5년간 자취 생활을 했었고, 자취방 이사도 4번이나 했기 때문에 집에 대해서는 나름 잘 안다고 자만하고 있었다. 부동산 중개사는 나에게 이런저런 집을 보여주었지만 한국에서 모아 온 돈이 넉넉지 않았기에 3만엔~4만엔의 월셋집을 추천해 달라고 했다. 중개사는 내가 원한 지역은 부자들이 사는 동네라서 집값이 굉장히 비싸다며 두 정거장 떨어진 곳을 추천해 주었다.

그리고 집을 계약할 때 필요한 절차와 문화를 설명해 줬는데 한국과 비슷하면서도 다른 점이 너무나도 많았다. 보증금, 사례금, 중개료, 화재 보험, 관리비, 보증인 허가 등이 그랬다. 한국에서는 자취방을 구하면서 레이킨(礼金: 사례금)과 보증인, 화재 보험에 대한 이야기를 들어 본 적이 없었다. 먼저 레이킨은 '방을 빌려주어 감사합니다.'라는 의미로 집주인에게 건네는 돈이며, 계약이 끝나더라도 돌려받을 수 없다. 그리고 보증인이 없는 경우는 보증회사와 계약을 해야 하는데, 수입이 없는 학생들은 보증회사를 구하는 것도 쉽지 않다고 한다. 나는 다행히도 동생이 맥도날드에서 매니저로 일하고 있었기에 보증회사를 순조롭게 구할 수 있었다. 마지막으로 화재 보험은 한국에도 있지만 의무가 아닌 선택 항목이었는데 일본에서는 반드시 들어야 할 필수 항목이었다.

그렇게 나는 동생의 도움으로 무사히 보금자리를 구할 수 있었지만, 계약과 동시에 내 통장에는 구멍이 나기 시작했다. 고생고생해서 들어온 첫 집은 1957년에 건축된 집이었는데, 월세 3만엔에 관리비 5천엔이었다. 나는 그 집에 대한 기억이 아직도 선명하다. 먼저 집으로 들어가기 위해서는 계단을 올라가야 했는데 계단 폭이 너무 좁아 255cm의 내 작은 발 하나도 내딛기 어려웠다. 3층까지 힘들게 올라가면 현관문은 특이하게도 나무로 되어 있었던 데다 한국처럼 전자 도어락은 꿈도

꿀 수 없었다. 방문을 열면 작은 신발장이 가장 먼저 보이고, 그 너머로 방이 보였다.

내가 이 집을 고른 이유 중 하나가 데마도(出窓: 밖으로 돌출된 창문)가 있다는 것이었는데, 창문이 밖으로 돌출되어 있어서 빗소리를 듣기 좋고 창가 난간에 앉아 나름의 운치를 즐길 수 있기 때문이었다. 주방에는 작은 싱크대와 호텔식 작은 냉장고, 30년은 족히 된 듯한 핫플레이트가 하나씩 있었는데, 밥을 해 먹기는 어려운 상황이었다. 게다가 수납장은 천장에 달린 작은 붙박이장 2개가 전부라서 짐을 꾸역꾸역 넣어 두어야만 했다.

며칠을 지내다 보니 몇 가지 단점들이 발견됐는데 특히 방음과 보온에 취약했다. 뒤늦게 알았지만 일본의 집은 흔히 목재, 철근, 콘크리트까지 세 가지의 자재로 지어진다고 한다. 그래서 집을 구할 때 어떤 자재의 집을 구할 것인지를 미리 정해두는 게 좋다. 내가 살던 집은 제일 저렴한 소재의 목조 건물이었기 때문에 방음과 보온에 취약할 수밖에 없었다. 그 덕분에 아래층의 일렉기타 연주 소리와 집 근처 후미키리(踏み切り: 철길 건널목)의 열차 통행을 알리는 종소리로 매일 아침 6시부터 밤 12시까지 시달려야만 했다. 뿐만 아니라 여름이면 찜질방, 겨울이면 혹한기 훈련을 방불케 할 정도였기 때문에 집에서는

도저히 편히 쉴 수가 없었다. 그나마 정신적으로 피폐해진 나를 위로해 준 건 서쪽으로 트인 작은 창문에서 보이는 노을뿐이었다.

그 집에서 헝그리 정신으로 6개월을 살다 보니 취업이라는 좋은 뉴스도 있었다. 학생비자가 끊기기 직전에 무역 회사에서 나를 채용해 준 것이었다. 채용된 회사는 내가 살던 곳에서는 거리가 제법 멀었기에 한 가지 묘안이 떠올랐다. 교토에 거주하고 있는 동생과 같이 살면 월세를 줄이고 경제적으로 안정을 찾을 수 있겠다는 생각이었다. 그렇게 나는 동생을 설득하여 형제가 같이 살 집을 찾아봤고 우리 형제는 각각 한 번의 쓰디쓴 경험을 바탕으로 교통 편리성, 월세, 집 내부의 환경, 붙박이장, 주변 설비 등을 꼼꼼히 분석해서 새로운 집을 구했다.

나의 두 번째 보금자리이자 형제가 함께 살 새로운 집은 처음 살던 집과는 몇 가지 다른 점이 있었다. 우선 엘리베이터가 있었고, 1층 로비에 우편함이 있었다. 엘리베이터를 타고 올라가면 이전의 나무 현관문과는 달리 평범한 철제 현관문이 나왔다. 현관문을 열면 신발만 놓아 두는 공간이 따로 있었고 문을 한 번 더 열어야 거실과 주방으로 들어갈 수 있었다. 세면대와 화장실, 욕실은 각각 분리되어 있었다. 한국의 경우에는 화장실, 욕조, 세면대가 한 공간에 있는데 이것을 '유닛 배스(Unit bath)'라고 한다. 일본은 유닛 배스를 선호하지 않아서 보통은 화장실, 욕조, 세면대가 각각 분리되어 있는 구조가 흔하다. 그리고 세면대로 들어가는 입구에는 단차(段差)가 있었는데 수도의 위치를 높임으로써 물이 쉽게 흐를 수 있도록 설계된 것이라고 한다. 이 단차 때문에 잠에서 덜 깬 내가 넘어지는 건 정말 부지기수였다.

처음 살던 집과는 비교할 수 없이 좋았지만 동생과의 1년 동거는 그야말로 버라이어티했다. 결국 크고 작은 다툼을 피하고자 우리는 따로 살기로 결정했다. 비 온 뒤 맑음이라고 했던가. 나는 내 전부를 이해해 줄 여자친구를 만나게 됐고, 그간 꿈꿨던 이직에도 성공했다. 나는 이직과 함께 회사와 가까운 지역으로 이사를 계획했는데, 이 지역은 외국인이 많이 거주하고 있는 곳이었다. 덕분에 한국의 식재료를 구입하기 좋은 코리안 타운이 형성되어 있다는 것이 장점이었다. 일본에서 이미 두 곳의 집을 경험한 덕분에 눈이 높아진 나는 좋은 집을 찾아 계약했다.

세 번째 집은 평수는 작지만 지은 지 2년 된 신축 맨션이었다. 신축 건물답게 설비가 최신식이었는데 중에서도 특히 욕조가 신기했다. 1층으로 내려와 로비부터 설명하자면, 로비 출입

문은 유리문인 데다 인터폰까지 구비되어 있었다. 유리문에는 열쇠 구멍이 있었는데 각자의 집 열쇠로 1층 현관문을 열 수 있었다. 문을 열고 들어가면 자전거 및 오토바이 주차장으로만 이루어져 있는 1층을 마주하게 된다. 그리고 엘리베이터를 이용해 꼭대기층으로 올라가 현관문을 열면 한 명만 지나갈 법한 좁다란 통로가 나오고 우측으로는 세면대와 욕실이 순서대로 늘어서 있다. 복도 중앙에는 작은 주방과 한 칸 남짓한 화장실이 있었고, 그 끝에 비로소 방이 있었다.

앞에서 살짝 언급한 욕조에 대해 자세히 설명하자면 먼저 거실 벽에 있는 리모컨에 대해 이야기해야 한다. 이 리모컨을 이용하면 욕조의 물을 자동으로 채울 수 있고, 물 온도도 조절할 수 있다. 또 시간이 지난 후에 받아 둔 물을 다시 데우는 기능도 있다. 뿐만 아니라 인터폰 기능도 있어서 욕조 안에 있는 사람과 통화를 할 수도 있었다. 이 기능만으로도 너무 신기했지만 내가 가장 좋아한 기능은 욕실 내부 온도 조절 및 빨래 건조 시스템이었다. 겨울에는 욕실 안의 온도가 빠르게 내려가게 되는데 이때 리모컨을 이용하면 감기에 들지 않도록 욕실 전체의 온도를 조절할 수 있고, 습도가 높아 베란다에 둔 빨래가 잘 마르지 않을 때는 빨래를 욕조로 옮겨 두고 리모컨의 빨래 건조 시스템을 작동시키면 욕조 안에서 빨래를 건조시킬 수 있다.

이처럼 작지만 최신식으로 된 원룸이라 월세가 조금 부담이 되었지만 나에게는 그만큼 만족도가 높은 집이었다. 무엇보다 이 집에서 지금의 아내에게 프로포즈를 했고 결혼하게 되면서 이 집을 떠날 수밖에 없었지만 프로포즈의 추억이 있는 만큼 나에게는 결코 잊을 수 없는 집이라고 할 수 있다.

그리고 드디어 혼자만의 자취를 끝내고 결혼을 하게 되면서 아내와 함께 집을 구할 때였다. 혼자만의 생활이 길었던 나, 28년간 캥거루족이었던 아내. 이 두 사람이 같이 살 집을 찾기란 정말 쉽지 않았다. 집을 사고 싶었지만 제대로 모아 둔 돈이 없었고 영주권이 없어 집을 사기도 어려운 상황이었기 때문에 우리는 영주권을 받을 때까지 살 집을 알아보기로 했다. 두 사람이 정한 집의 조건은 넓고 빛이 잘 들며 충분한 수납 공간이 있는 저렴한 월셋집이었다.

그리고 우리는 얼마 후에 좀 오래되고 외진 곳에 위치해 있지만 마음에 드는 집을 찾아 이사를 했다. 이 집의 구조는 두 번째 살던 집과 데칼코마니처럼 똑같았다. 다른 점이 있다면 하나는 붙박이장이 크고 많다는 것이고, 또 하나는 내 첫 번째 집처럼 데마도가 두 개나 있어서 빛이 잘 들어온다는 점이었다. 충분히 조사하고 결정한 집이었기 때문에 단점이 없을 줄만 알았는데 10미터 거리에 야오(八尾)시의 4대 녹지 중 하나인 '규호지 녹지'가 있어서 여름 내내 벌레 등의 파충류와 전쟁을 해야만 했다. 매년 벌레와 싸움을 이어가며 우리 부부는 언젠가는 꼭 신축 집을 사자고 다짐했고, 3년간 허리띠를 졸라맨 덕분에 우리 부부는 꿈에 그리던 새로운 집을 구매해 이사할 수 있었다.

월셋집을 찾는 것보다 평생 살 집을 알아보는 게 몇 배는 더 어려웠다. 우선 집에 대한 정보를 모으기 위해 국가에서 지정한 재무 플래너와 상담을 했다. 재무 플래너는 우리 부부의 연봉과 직장을 검토하여 대출이 가능할 만한 은행을 추천해 줬다. 또 집을 구매한 후에 경제적으로 힘들지 않도록 현실적인 대출 한도 금액까지 책정해 주었다.

이후 가족의 보금자리에 대해 공부하기 위해 후지주택을 찾았다. 후지주택은 건축의 역사와 함께 새롭게 개발된 건축 관련 소재들에 대한 설명을 무료로 들려주고 있었다. 그리고 일본답게 단독 주택에서 겪을 진도 5~7도의 지진 체험도 할 수 있었는데 상상 이상으로 겁이 났다. 때문에 가족의 보금자리를 고르기 위해서는 건축 자재 보는 눈을 키워야 했다.

또 후지주택의 직원은 거주 형태를 선택할 수 있도록 단독 주택과 맨션의 장단점을 알려 주기도 했다. 첫 번째 차이점은 주차 요금이었다. 맨션의 주차 요금은 매달 7천엔에서 3만엔 정도라고 한다. 월세를 내지 않기 위해 집을 샀는데 주차로 인해 계속해서 고정 지출이 생기는 셈이다. 반면 단독 주택은 1개 또는 2개의 주차장이 있어 주차 비용에서 해방될 수 있다고 했다.

두 번째는 계단이다. 보통 단독 주택은 1층에서 3층 집으로 구성되어 있다. 1층짜리 집은 부자가 아니고서는 꿈꾸기 어렵고 2층이나 3층 집이 현실적이다. 그러나 집안에 계단이 있어서 태어날 아이들이 넘어져 사고가 생길 수 있고, 훗날 나와 아내 역시 나이가 들면 같은 사고를 겪을 수 있다는 점을 생각해야 했다. 반면 맨션은 한 층에 거실, 침실, 욕조, 화장실이 모두 있어 편리하다.

세 번째 차이점은 가족만의 환경&관리비용에 있었다. 단독 주택에서는 마당이나 테라스에 미니 수영장이나 가든을 만들기도 한다. 그러나 깨끗하게 사용하기 위해서는 계속해서 관리를 해 주어야 한다. 계절에 따라 가을에는 낙엽, 겨울에는 눈을 치워야 하는 수고를 들여야 하는 것이다. 반면 맨션은 관리 회사에서 청소를 해 준다. 또 건물이 노후될수록 관리비가 비싸지는 탓에 신축일 때는 저렴하던 관리비가 최대 2만5천엔까지 오른다고 한다.

네 번째 차이점은 집의 소재이다. 단독 주택의 경우, 간혹 아주 값싼 집이 나올 때가 있는데 거기에는 다 이유가 있다고 했다. 일본의 지진 설계는 총 세 단계로 나뉘는데 일부 주택메이커들이 국가에서 지정한 최소 수준인 1단계만 충족시키거나 바닥의 두께를 얇게 하거나 값싼 보온 소재를 사용하여 최소한의 비용으로 집을 짓고, 소비자들에게는 주택의 가격이 싼 이유에 대해서는 함구하고 가격적인 장점만을 설명함으로써 소비를 부추긴다는 것이다. 그러니 소비자들은 아무것도 모르고 가격에 매료되어 덥석 계약했다가 낭패를 보는 경우가 많다고 했다. 물론 좋은 토지를 구매해서 지은 단독 주택은 집값 상승을 기대할 수 있고, 구조 변경 등 개조에 있어 자유롭다. 맨션의 경우에는 최신식 소재를 대량으로 싸게 구입하기 때문에 금액 대비 방음, 단열이 잘 되는 집을 구할 수 있다.

마지막 요인은 층간 소음이다. 단독 주택은 위층에 아무도 살고 있지 않아 층간 소음에서 자유롭고 건물과 건물 사이에 틈이 있어 옆집 소음까지 차단 가능하다. 게다가 보통의 단독 주택은 역에서 멀기 때문에 조용하다. 반면 맨션은 역세권 주변에 있는 경우가 많아 상점이나 행인들의 소리가 들리고, 위층 혹은 옆집의 소리가 들릴 수 있어 층간 소음에 취약한 편이다.

설명을 다 듣고 나니 우리가 원하는 집이 보다 명확해졌다. 생활의 편리성과 이후 언젠가 한국으로 귀국할 경우를 생각해서 맨션을 구매하기로 결심했다. 후지주택에서 큰 공부를 한 우리 부부는 처갓집에서 가까운 야오시를 중심으로 맨션의 정보를 수집하기 시작했다. 그러던 중 한 블럭 정도 떨어진 곳에 마침 아파트가 들어선다는 광고를 보게 됐고, 서둘러 중개업체와 미팅을 잡았다. 이후 약 5개월이라는 기나긴 절차를 거쳐 원하던 집을 구매할 수 있었다.

아직 새집으로 이사를 하지는 않았지만 우리의 새 보금자리에는 몇 가지 장점이 있다. 보통의 맨션에는 창틀 옆에 두꺼운 기둥이 튀어나와 있는데 우리의 새집은 오사카 최초로 모서리 기둥을 없앤 새로운 건축 방법을 도입했다는 점과 고급 맨션의 거실에만 있다는 유카단보(床暖房: 한국식 온돌)가 있다는 점이다. 그리고 도보 1분 거리에 영화관을 끼고 있는 대형 쇼핑몰이 있다.

마지막으로 처갓집이 도보 1분 거리에 있다는 것이 가장 큰 장점이다. 22년 5월에 태어날 딸아이가 앞으로 외할아버지, 외할머니 그리고 외삼촌과 친해지길 바라는 마음이 있기 때문이다. 요즘은 공사가 안전하게 마무리되길 바라는 마음에서 시간이 날 때마다 새집 주변을 돌며 한 층 한 층 건물이 올라가는 모습을 바라보곤 한다. 이 글을 통해 훗날 일본 취업을 꿈꾸는 후배들이 나처럼 잘못된 선택으로 고생하지 않고 환경, 설계 방식, 구조, 월세를 잘 고려하여 집을 고를 수 있기를 바란다.

Ep 03

일본의 스마트 반신욕 문화

스무 살이 되기까지 일요일 아침이면 어김없이 아버지와 함께 목욕탕에 갔었다. 아버지와 나란히 앉아 한 주간 있었던 일들을 이야기했고, 서로의 가려운 곳을 찾아가며 등을 닦아 주곤 했다. 우리 가족에게 있어 목욕은 한 주를 마무리하는 행사이자 다시 한 주를 시작하기 위한 회복의 시간이었다.

그러나 스무 살이 되고 혼자 자취 생활을 시작하면서부터 더 이상 그 의미 있는 시간을 가질 수 없게 됐다. 가족과의 목욕은 고사하고, 혼자 밥 먹고 청소하고 빨래하며 살다 보니 어느새 마음 한구석에 외로움이란 큰 구멍이 생기고 말았다. 결국 지푸라기라도 잡는 심정으로 인터넷에 '외로움 달래는 법'을 검색했는데, 샤워나 반신욕이 좋다는 이야기가 있었다. 한 기사에 의하면 온수가 몸을 데워 주는데 이것이 마치 누군가와 껴

안았을 때의 '따스함'을 느끼게 해 주어 정신 건강에 좋다는 내용이었다. 그 이후로는 목욕탕에 가거나 집에서 반신욕을 하기 시작했다. 반신욕은 정말로 정신 건강 회복에 도움을 주었고, 덕분에 달고 살던 수면유도제도 끊을 수 있었다. 겸사겸사 피부도 좋아졌다.

일본은 오래 전부터 반신욕을 해 왔는데, 그 역사를 알아보니 6세기경으로 거슬러 올라갔다. 그때부터 몸을 씻는 것을 소중한 일이라 여기며 집집마다 욕조를 만들게 되었다는 것이다. 활화산이 많은 지형적 특성 역시 일본의 온천 문화에 큰 영향을 미쳤을 것이라고 한다. 현재 일본 내 온천지가 무려 3,088개나 있다고 하니 역시 '일본'하면 '온천'이고, '온천'하면 '일본'이다.

그래서일까? 일본인에게 욕조는 생활필수품처럼 여겨지는 것 같다. 실제로 2018년 웨더뉴스의 기사에 따르면 여름에는 일본 전체 인구의 57%, 겨울에는 84%의 사람들이 매일 욕조에 들어간다고 한다. 그만큼 일본인들에게는 반신욕이 일상이기 때문에 때론 드라마에서도 아내가 퇴근한 남편에게 "식사부터 하실래요? 목욕부터 하실래요?"라고 묻는 장면이 등장하기도 한다. 이렇게 목욕으로 하루를 마무리하는 일본인에게 반신욕은 삶의 일부인 셈이다.

그래서인지 반신욕 전 욕실과 욕조 청소 방법 또한 감탄을 불러일으킬 정도다. 과거에는 브러시로 욕실을 구석구석 열심히 닦아 줘야 했다면, 이제는 현대 화학 기술의 발전으로 칙 뿌리고 1분 뒤면 자동으로 때가 불어서 물로 씻어 흘려 보내기만 하면 되는 스프레이 제품도 있다. 그 밖에는 수류탄처럼 핀을 뽑으면 화학 성분이 기체화되어 욕실 전체를 청소해주는 제품도 출시되고 있다. 그러나 안타깝게도 우리집 욕조는 36년이란 연식답게 방수 코팅이 모두 벗겨진 플라스틱 욕조이기 때문에 난 아직도 뽀도독 소리가 날 때까지 브러시로 욕조를 빡빡 문질러 닦아 주고 있다.

욕조가 깨끗해졌다면 물을 채워야 하는데, 보통 욕조를 채우기 위해서는 무려 200L의 물이 필요하다고 한다. 나와 내 아내는 일주일에 5일은 반신욕을 하는데, 이렇게 말하면 간혹 수도세를 걱정하시는 분들이 있다. 거주 지역에 따라 수도 요금은 달라질 수 있으나 우리는 거주 중인 오사카부 야오시(大阪府八尾市) 를 기준으로 두 달에 한 번씩 약 7,000엔의 수도세를 지불하고 있다. 둘이서 쓰는 수도세가 이렇게 비싼데 평범한 4인 혹은 6인 가족이 반신욕을 한다면 더 많은 수도세를 내야 한다고 생각할 것이다. 그러나 일본에서는 가족 모두가 같은 물로 반신욕을 하기 때문에 수도세는 걱정하지 않아도 된다. 같은

물을 여러 번 사용한다는 것은 일본에서는 너무나도 일상적인 일이다. 단, 가족과 같은 물을 사용해야 하기 때문에 모두 몸을 깨끗이 씻고 욕조에 들어간다고 한다. 가장 마지막에 들어가는 사람은 미적지근한 물에 들어가지는 않을까 걱정도 했지만 온천의 나라답게 일본에는 욕조의 물을 다시 데우는 방법이 있는데, 이것을 오이다키(追い焚き)라고 한다.

내가 알고 있는 오이다키는 세 가지 방법이 있는데, 전자레인지에 뜨겁게 달군 돌을 욕조에 넣는 방식이 있고, 전기 난로 같이 생긴 물건을 욕조에 넣고 콘센트를 꽂아 물을 데우는 방식도 있다. 그리고 두 번째 에피소드에서 언급했던 것처럼 욕조 자체에서 물을 데우는 방법이 있다.

세 번째 집의 욕조에는 오이다키 기능이 있어서 나는 길게는 1시간 동안 욕조에서 나오지 않았다. 이렇게 반신욕 미치광이가 된 나는 단순히 물에 들어가는 것만으로도 좋았지만 일본인 아내와 함께 살다 보니 다양한 입욕제까지 접하게 되었다. 현재는 4가지 향이 들어 있는 입욕제를 사용하고 있는데, 매일 골라 넣는 재미가 있어 만족도가 굉장히 높다. 실제로 일본의 여성분들의 경우 성분과 향기를 꼼꼼히 확인하고, 피부 진정, 보습, 기분 전환, 릴렉싱 등 그날그날 필요에 따라 입욕제를 사용하는 분들이 많다고 한다.

개인적으로는 반신욕을 할 때 땀이 송글송글 맺히는 꿀맛 같은 휴식을 취하기 위해서 핸드폰을 만지지 말고 전신을 물속에 푹~ 담구어야 한다고 생각한다. 그러기 위해서 최고의 필수품은 욕조 안의 온도를 유지시켜 줄 욕조커버, OTT서비스(over-the-top media service)와 핸드폰 거치대 그리고 수분 섭취를 위한 음료이다. 필수품이 모두 준비됐다면 욕조를 깨끗이 닦은 후에 열기가 새어 나가지 않도록 커버를 씌운 채로 욕조에 물을 채운다. 나는 하나의 입욕제를 통째로 넣는 건 사치라고 생각해서 반으로 쪼개서 넣는다. 원하는 만큼 물이 채워지는 동안 몸을 깨끗이 하고 스포츠 드링크 분말을 물에 타서 욕실에 가지고 들어간다. 핸드폰으로 좋아하는 드라마나 영화를 틀어 욕조 커버 위에 올려 두고 몸을 푹 담그면 남부럽지 않은 1인 영화관이 된다.

이렇게 반신욕을 즐긴 후에는 물을 그냥 버리지 않고 세탁기에 넣어 재활용한다. 이때 욕조의 물을 세탁기로 옮기기 어려울 것 같지만, 여기에도 다 방법이 있다. 다음과 같은 네 가지 방법으로 욕조의 물을 아주 손쉽게 세탁기로 옮길 수 있다.

첫 번째 방법은 전동 펌프를 이용하는 방법이다. 3천엔~5천엔이면 살 수 있는 T자 형태의 펌프를 콘센트에 꽂고 한쪽 펌프를 욕조에, 또 다른 한쪽 펌프를 세탁기 입구에 거치해 주면 된다. 우리가 초등학교 때 사용했던 등유 보일러 기름통과 같은 모양새라고 생각하면 쉽다. 두 번째는 전동 펌프가 장착된 일체형 세탁기를 이용하는 방법이다. 조금 비싼 통돌이 세탁기에는 전동 펌프와 호스가 모두 장착돼 있다. 그래서 펌프와 호스를 욕조에 넣어 주기만 하면 세탁기가 자동으로 물을 빨아들이게 된다. 세 번째 방법은 가장 최신식인 만큼 가장 많은 비용을 필요로 하는 스마트 욕조를 이용하는 것이다. 스마트 욕조는 욕조의 배수구를 이용하지 않고 물을 빨아들이는 별도의 수로를 이용해야 하기 때문에 욕실부터 세탁실까지 연결되는 수로를 설치하기 위해 바닥 공사를 해야 한다. 편리하게 살고자 집을 개조해야 하는, 배보다 배꼽이 더 큰 방법이기 때문에 단독 주택을 소유한 분들께만 추천 드리고 싶은 방법이다. 나는 첫 번째 방법을 이용하다가 펌프를 떨어트려 고장을 낸 바람에 지금은 양동이로 손수 퍼 나르는 새로운 방법을 이용하고 있다. 세탁기에 물을 가득 채우려면 양동이로 약 10번 정도는 퍼 날라야 한다. 나는 이 또한 하나의 운동이라 생각하면서 긍정적인 마음으로 물을 길어내고 있다.

나는 반신욕을 사랑하는 사람으로서 나의 만족도를 높여줄 반신욕 도구가 등장한다면 반드시 구매할 의향이 있다. 그만큼 나는 반신욕에 진심인 사람이며, 더 많은 사람들이 반신욕 문화를 즐길 수 있으면 좋겠다고 생각하고 있다. 어쩌면 나는 하루 끝에 따뜻한 물에 몸을 담금으로써 모든 근심과 걱정을 흘려보내고 있는 건 아닐까. 그래서 일본에서의 나의 생활이 좀 더 즐거울 수 있는 건 아닐까. 그런 생각으로 오늘도 나는 물 만난 물고기처럼 욕조에 몸을 담근다.

Ep 04

포켓몬 빵을 사랑한 덕후

포켓몬 빵은 1998년에 방영된 일본의 애니메이션 '포켓몬스터'의 캐릭터를 활용해 판매되고 있는 제품이다. 포켓몬을 연상케 하는 모양과 색을 가진 빵과 '띠부띠부씰'이 동봉되어 있다는 점이 특징이다. 이 빵은 한국과 일본 그리고 미국에서 판매했는데, 처음 이 빵이 등장하자 엄청난 인기몰이를 했다. 한 제과회사의 상술에 넘어간 초등학생들이 단지 스티커를 모으기 위해 빵을 사서는 스티커만 챙기고 빵은 맛만 보고 버리는 경우가 많아 뉴스에 보도된 적도 있었다. 이 밖에도 아이들의 순진무구한 악행은 더 있었다. 빵을 구매하기 전, 동봉된 스티커의 종류를 파악하기 위해 빵을 흔드는 바람에 판매가 불가할 정도로 너덜너덜해진 빵이 많았던 것이다. 이렇게 코 묻은 돈이었지만 당시 삼립은 포켓몬 빵 덕분에 매출이 5배나 뛰어 1년 만에 무려 500억 원의 매출을 올렸다는 기사도 있었다.

2022년에는 총905마리의 포켓몬이 있지만, 1998년 만화 영화가 처음 방영될 당시만 해도 포켓몬의 수는 총 151마리로 결코 적은 수가 아니었는데도 불구하고, 이것을 전부 수집하는 것이 모든 초등학생들의 취미이자 바람이었다. 소박하게 우표 모으기를 좋아하던 나는 이 빵의 등장과 함께 그야말로 광적인 포켓몬스터 스티커 수집병이 생기고 말아 용돈을 받는 족족 포켓몬 빵을 사는 데에 올인했다.

세상에는 쉽지 않은 일을 해내고 마는 미친 사람들이 있는데 그 중 하나가 나였다. 교내에서 최초로 모든 종류의 스티커를 모은 전설이 되었던 것이다. 소문은 일파만파 퍼졌고, 쉬는 시간만 되면 스티커를 보기 위해 이름 모를 수많은 친구들이 찾아와 줄을 섰었다. 하지만 기쁨도 잠시, 한순간에 나는 전교에서 가장 불쌍한 녀석이 되어 있었다. 체육 시간이 끝나고 돌아온 교실 안은 굉장히 어수선했고, 친구들은 웅성거리고 있었다. 내 개인 사물함의 자물쇠가 망가져 있었고, 그 안에 있던 내 소중한 포켓몬 스티커들이 사라지고 말았던 것이다. 나는 난생 처음 느껴 보는 상실감에 서럽게 울었던 기억이 난다. 지금 나에게 타임머신이 있다면 스티커를 분실하기 전날로 돌아가 내 소중한 스티커를 집에 고이 모셔 두고 싶다.

시간이 흘러, 서른이 훌쩍 넘은 나는 일본에 정착했다. 어른이 된 나는 식빵 외의 빵은 모두 사치라고 생각했기 때문에 식빵 코너 외에는 구경을 한 적도 없었다. 그런데 언젠가 아침 식사로 먹을 빵을 사러 슈퍼마켓에 갔다가 아주 우연히 애증의 포켓몬 빵을 발견하고 말았다. 보통의 34살 남자라면 '아… 일본에서는 아직도 이 추억의 빵을 파네…'라고 생각하는 것에 그쳤겠지만, 왕년에 전교를 주름잡던 오타쿠였던 난 호기심을 참을 수가 없었다. 나는 불가항력의 힘에 이끌려 포켓몬 빵의 유혹에 무너지고 말았고, 그때부터 1년이 지난 지금까지도 빵 회사의 마케팅에 놀아나 계속해서 노예 생활을 이어오고 있다.

어른이 된 나는 포켓몬 빵에 대해 더 알고 싶었다. 한국의 제조사는 삼립, 일본의 제조사는 第一パン(제일빵)이었다. 문제의 스티커 '띠부띠부씰'은 일본에서는 '데코캬리시루'라고 부른다. '데코레이션이 가능한 캐릭터 스티커'라는 의미다. 제일빵 홈페이지에 따르면 데코캬리시루는 기수별로 구분되어 있는데, 1990년대 1기부터 현재까지 총 191기를 선보여 왔다. 매 기수마다 25종의 스티커가 구성돼 있고, 약 2달간 판매된다고 했다. 역산하자면 2022년 5월 25일까지 총 4,775개의 스티커가 판매됐다는 것을 알 수 있었다.

판매 전략도 조금 달랐다. 한국에서는 한 개의 빵에 한 개의 스티커를 넣는 것이 상식이지만 일본의 경우는 빵 하나에 스티커 1개라는 정해진 틀을 뛰어넘어 크로와상 같은 빵을 여러 개 묶어 패키지하고, 스티커를 2개씩 넣어 두는 판매 전략을 선보이고 있다. 빵보다 스티커에 눈독을 들이는 소비자가 많다는 것을 잘 파악한 것이 분명했다.

가격적인 이점도 있다. 1개의 스티커가 들어 있는 보통 빵은 134엔, 2개의 스티커가 들어 있는 빵은 204엔이다. 또 1년에 한 번씩은 구매자들을 대상으로 스티커를 예쁘게 보관할 수 있는 클리어 파일을 증정하는 추첨 이벤트를 진행하기도 한다. 포장지 겉면에 있는 12자리 숫자 코드를 5개 모으면 하나의 추첨권으로 사용할 수 있다. 이 클리어 파일에 당첨되기 위해 15일간 매일 아침 식사로 포켓몬 빵을 사 먹은 기억이 있다. 허나 행운의 주인공은 내가 아니었다.

일본은 3개월에 한 번 새로운 패키지, 새로운 빵을 개발해서 런칭하고 있다. 다음달엔 어떤 빵이 나올지 모른다. 그래서 재미있고, 고객들로 하여금 더 큰 기대를 불러일으키는 것 같다. 또 일본의 제일빵은 주로 어린이들의 입맛을 겨냥한 맛과 사이즈로 제품을 판매해 늘 아쉬웠는데, 2021년에는 나처럼 포켓몬 빵을 좋아하는 어른이 있다는 것을 감지한 것 같았다. 어린이가 살 것 같지 않은 패키지의 새로운 포켓몬 빵이 나온 것이다. 어른의 한 끼 식사로도 가능할 만큼 적절한 크기와 어른스러운 맛을 자랑했다. 빵뿐만 아니라 스티커도 특이하다. 홈페이지에 안내된 기수별 스티커가 아니라 어떤 스티커가 나올지 미지수다. 그리고 반짝이 코팅이 되어 있어 기존의 스티커보다 더 돋보인다. 이 특이한 빵은 인기가 좋아서 항상 매진이다.

2022년이 되어 한국에서도 다시 포켓몬 빵이 부활했다는 성대한 소식이 들려왔다. 전설의 포켓몬들을 모으기 위해 유투버들이 사재기를 하고 있다는 소식도 접할 수 있었다. 스티커의 인기가 더욱 높아지자 한국의 중고 사이트(당근마켓&중고나라)에서는 스티커 1장당 천 원에서 만 원에 팔리고 있다고 했다. 이 사실을 알게 된 아내는 내가 조금이라도 잘못을 하면 스티커를 팔아버리겠다고 협박하는 통에 나는 매일매일 두려움 속에서 살아가고 있다. 나는 부디 초등학교 때의 악몽이 반복되지 않기를 바라며 여전히 포켓몬 스티커를 하나하나 소중히 모으고 있는 중이다.

Ep 05

나를 성장시켜준 달콤한 한 입의 추억들

'일본'하면 생각나는 키워드들이 있다. 자동차, 기모노, 초밥, 스모, 후지산, 벚꽃, 라멘을 연상하는 분들이 많겠지만 사실은 빵도 굉장히 유명하다. 일본은 베이커리 월드컵에서 프랑스와 함께 1, 2등을 다투는 나라라고 한다. 그래서인지 도쿄에는 동경제과제빵학교가, 관서지역에는 '츠치'라는 유명 제빵대학이 있다. 일본 빵의 역사는 1543년 포르투갈의 배가 일본으로 들어오면서 시작됐다고 한다. 그리고 1900년대에 들어서면서 팥빵, 카레빵, 메론빵, 소라빵 등을 만들어 내게 됐고, 그 인기가 높아지며 본격적인 일본의 빵 시대가 열렸다고 한다. 실제로 일본에 살면서 빵을 먹고 감탄한 적이 한두 번이 아니다. 그만큼 놀라운 맛을 자랑하는 일본의 빵과 디저트. 그 중에서도 나는 내 추억이 담긴 두 개의 디저트를 소개하려 한다.

사실 일본에서는 편의점에서도 고퀄리티의 빵을 맛볼 수 있는데, 그럴 수밖에 없는 이유가 있다. TBS에서 '잡튠'이라는 예능 프로그램을 방영하고 있는데, 이 방송이 빵의 발전과도 굉장히 깊은 관련이 있다. 이 프로그램에는 각 편의점의 신상품 개발자와 영업사원이 출연해 다들 자신의 회사가 야심 차게 준비한 리뉴얼 제품과 신제품을 소개한다. 설명이 끝나면 유명 파티쉐 7명에게 '자신의 식당에서 이 간식을 손님에게 내놓을 수 있는가?'라는 질문을 던지고 Yes or No 푯말을 들게 한다. 이때 Yes 푯말이 4표 이상 나오면 해당 빵은 명예의 전당에 오르고 만약 3표 이하로 좋은 평가를 받지 못하는 빵이 있으면 심사위원들의 악평을 듣게 되고 개선 방안을 전수받을 수 있다. 편의점 쉐프들은 충분히 개선했다고 생각했을 때쯤 다시 방송에 나와 재평가를 받는다. 방송이기 때문에 처음엔 짜고 치는 고스톱이라고 생각했는데, 2년 연속 악평을 받고 3년째 6개의 YES 푯말을 받아 눈물을 보인 개발자를 본 후로는 신뢰하게 됐다. 이 프로그램에서 파티쉐들의 긍정적인 평가를 받은 편의점 디저트들은 시청자들의 호기심을 자극했고 이것이 소비로 이어지면서 실제로 매출에 큰 영향을 미치고 있다고 한다.

나도 일본 편의점 하면 생각나는 디저트가 하나 있다. 세븐일레븐의 '슈가 바움쿠헨'이다. 이 제품은 코로나가 발생하면서 한국인 여행객들의 발길이 끊긴 후에 출시된 신상품이다. 나는 이미 '잡튠'이라는 방송에 심사위원으로 나오는 한 파티쉐의 디저트 가게인 '클럽 할리'의 바움쿠헨을 먹어 본 적이 있었다. 10만 원이 훌쩍 넘는 값비싼 디저트였다. 이렇게 비싼 디저트를 접한 나의 미각 레벨은 오성급에 달한다고 자부한다. 그럼에도 불구하고 내가 편의점 바움쿠헨에 빠지게 된 데에는 다 사연이 있다.

어느 날 회사에서 한국인 영업사원이 갑작스럽게 사직서를 제출했고, 나는 디자이너였음에도 불구하고 사장님의 명령으로 새로운 영업사원 채용 전까지 영업 업무를 병행해야만 했다. 디자인과는 달리 숫자 전쟁에는 미숙했던 나는 계속하여 실수를 연발했다. 결국 내 실수를 덮어 주기 위해 그룹장[01]과 사무직원 선배님께서 고생을 하셨고, 나는 죄송하다는 말밖에 할 수 없었다. 사실 한국인의 빈자리를 한국인이 채워야 한다는 법은 어디에도 없었다. 그렇기에 내가 한국인이라는 이유만으로 영업 업무를 겸해야 하는 것이 분하고 억울했다. 내 정체성을 무시당하는 느낌마저 들어 사표를 내던지고 싶을 때가

01 그룹장 : 차장

많았지만, 그때마다 나는 고생 끝에 겨우 장만한 새집과 곧 태어날 토끼 같은 자식을 생각하며 사직서를 꽉 움켜쥐는 것밖에는 아무것도 할 수가 없었다. 그러던 어느 날, 유난히 실수가 많아 심하게 위축된 나에게 그룹장님이 이런 이야기를 해 주셨다.

"실수는 누구나 하는 것이고, 그 실수를 덮어 주고 반복하지 않게 도와 주기 위해 내가 있는 거야."

그룹장님의 말씀에 크게 감명한 나는 오후 업무에서는 실수를 하지 않기 위해 당 충전을 하고자 회사 옆 세븐일레븐에 갔다. 화려하고 먹음직스러운 디저트들 사이로 그동안 눈에 띄지 않았던 바움쿠헨 두 개가 보였고, 내가 먹고 싶어 구매했지만 나를 위해 고생해주신 그룹장님과 선배님께 하나씩 나눠 드렸다. 그런데 두 분이 바움쿠헨을 생각보다 너무 맛있게 드시는 모습을 보고 그 맛이 궁금해진 나는 다음날 편의점표 바움쿠헨을 사 먹었다. 살짝 굳힌 설탕을 뿌려 빵을 더 먹음직스럽게 만드는 슈가 코팅, 한 입 베어 물자마자 느껴지는 폭신하면서도 촉촉한 식감, 극도로 달달하지만 단지 설탕으로만 낸 맛이 아닐 것 같다는 착각에 빠지게 만드는 고급스러운 맛까지. 나는 '클럽 할리'의 값비싼 바움쿠헨에 결코 뒤지지 않는 맛에 깊은 감동을 받아 3일 내내 편의점표 바움쿠헨을 사 먹었다. 편의점의 역사를 새로 쓸 디저트가 등장했다고 생각했다.

이처럼 쓰디쓴 실수의 추억이 편의점 바움쿠헨과의 만남을 가능하게 했기에 나는 이젠 바움쿠헨을 보면 3년간 실수의 크기에 상관없이 단 한 번도 화를 내지 않았던 그룹장님을 떠올린다. 그리곤 나도 바움쿠헨처럼 달달하면서도 속이 깊고 폭신한 선배가 되겠다고 다짐하곤 한다. 좋은 사람을 떠올리게 하고, 나 역시 좋은 사람이 되어야겠다고 다짐하게 만든 편의점 바움쿠헨을 여러분도 꼭 한 번 맛보길 바란다. 그러나 주의해야 할 점이 있다. 세븐일레븐이 아닌 다른 편의점의 바움쿠헨은 더 비쌈에도 불구하고 씹다 뱉어도 될 맛이었다. 편의점에서도 맛있는 바움쿠헨을 맛보고 싶다면, 이 글을 꼭 기억하길 바란다.

뛰는 놈 위에 나는 놈이 있는 법이다. 편의점 디저트가 이렇게 맛있는데, 디저트 전문점은 오죽할까. 이번에 소개할 나의 최애는 일본에서 아주 유명한 디저트 전문점 '도쿄 튤립로즈(TOKYOチューリップローズ)'다.

일본에는 결혼식에 와 주신 분들께 과자를 선물하는 문화가 있다. 즐거운 결혼 생활을 하겠다는 포부를 알리고, 감사한 마음을 디저트로 표현하는 것이다. 나 역시 내 결혼식에 와 주신 처가 친척들과 가족 같은 무제팀[02]의 팀원들에게 과자를 선물하기 위해 이 디저트 가게를 찾게 되었다. 평범하지 않은 맛과 모양의 디저트를 선물하고 싶었기 때문이다. 그래서 날을 잡고 우메다 한큐 백화점을 구석구석 다니다가 우연히 꽃 모양의 아름다운 과자를 발견했는데, 그 가게 이름이 바로 '도쿄 튤립 로즈'였다. 이름 그대로 본점은 도쿄에 있지만, 다행히 오사카에도 매장이 한 곳 있었다.

이곳은 이름처럼 장미꽃 모양의 과자를 판매하고 있다. 꽃잎의 모양과 색깔이 다양하고 그에 따라 초코, 망고, 캐러멜 등 맛도 다르기 때문에 먹는 재미가 쏠쏠하다. 무제팀의 팀원들은 '너무 맛있어서 한입에 넣기 아까울 정도였기에 꽃잎을 하나하나 떼어가며 음미했다'며, '예쁜 찻잔에 홍차를 담아 함께 먹고 싶은 디저트'라고 표현했다. 나 또한 같은 감동을 받고 싶었던 어느 날, 감사하게도 아내의 직장 선배가 선물을 해 주셔서 영접할 기회를 얻었다. 한 입 베어 물자 팀원들 말대로 감동의 쓰나미가 밀려왔다. 꽃밭에 돗자리를 깔고 꽃향기에 취해 누워 있는데 어디선가 튤립 꽃잎이 바람에 날려와 우연히 내 입 안

02 무제(MUJE): 오사카에 사는 디자이너들의 모임

에 살포시 내려 앉은 듯한 맛이라고나 할까. 이 과자를 선물 받는다면 누구나 눈으로 한 번, 입으로 한 번 행복해질 것이라고 믿는다.

그러나 이 행복에도 작은 흠이 있는데, 가격이다. 구매 가능한 세트의 최소 단위가 4송이에 793엔이라면 결코 싼 과자는 아니라고 생각한다. 그럼에도 불구하고 가격 대비 주는 감동이 크기 때문에 직접 사 먹기도 좋고, 선물하기에는 더더욱 좋은 디저트임에 틀림없다. 그리고 무엇보다 이 과자가 나에게 더욱 특별한 이유는 결혼식 당일을 떠올리게 만들어 다시 한 번 그날의 설렘을 느낄 수 있기 때문이다. 도쿄에 가게 되면 꼭 한 번 도쿄 튤립로즈의 본점에 꼭 방문하고 싶다. 이 책을 읽고 계시는 독자 여러분도 언젠가는 이 꽃잎 모양의 과자를 꼭 한 번 맛보셨으면 좋겠다.

Ep 06

구석구석 달려라, 자전거!

내가 일본에 와서 산 물건 중에 가장 소중한 것은 자전거다. 학생비자로 일본에 왔을 때는 금전적으로 풍족하지 못했기에 외식을 하는 것은 사치였고 집에서 요리를 해서 끼니를 해결해야만 했다. 단, 성공적인 장보기를 위해서는 집 근처 슈퍼들의 위치와 함께 각각 어떤 식재료를 더 싸게 판매하는지 파악해야 했다. 집을 중심으로 반경 1km 이내에만 해도 슈퍼마켓이 많았기에 다 돌아보려면 굉장한 에너지가 소비되는 일이었다. 그래서 잘 먹기 위해 자전거가 필요하다는 결론에 이르렀다.

그렇게 자전거를 구입하러 한 자전거 체인점에 들어갔다. 매장에는 다양한 형태의 자전거들이 있었는데 한국에서는 보기 힘든 형태의 자전거가 눈에 띄었다. '마마챠리'라 불리는 자전거인데 손목에 부담이 가지 않는 핸들, 허리를 굽히지 않고 탈 수 있는 프레임에 안장이 넓고 안에는 2개의 용수철이 들어가 있어 쿠션감이 뛰어난 자전거였다. 일본의 유명 애니메이션인 '짱구는 못말려'에서 짱구의 엄마가 자주 타고 등장했는데, 만화를 집중해서 본 분들이라면 아마 그 형태가 생각날 것이다. 마마챠리는 소비자의 희망사항에 맞게 앞 또는 뒤에 아이를 태울 수 있고, 식자재를 구매하여 담기 좋도록 큰 바구니가 있다. 실제로 짱구 엄마처럼 아이들을 태우고 다니는 엄마들이 많은데, 두 명의 아이를 태우는 경우도 있다 보니 아이를 앞뒤로 태울 수 있는 자전거도 인기가 있다. 그러나 아쉽게도 디자인이 내 스타일이 아니었기 때문에 나는 마운틴 바이크, 하이브리드, 로드바이크 중 하나를 구매하기로 했다.

매장에 있는 자전거들은 모두 예산 초과라서 구입을 머뭇거렸고, 집에 돌아와 예산에 맞는 자전거를 찾기 위해 인터넷 쇼핑몰을 모두 뒤진 끝에 마음에 드는 자전거를 구매할 수 있었다. 며칠 후에 자전거는 집으로 배송되었고 일본 교통법에 따라 자전거 매장에서 자전거 등록을 했다. 자전거 등록은 500엔인데, 보험을 꼭 들어 놓는 편이 현명하다. 500엔짜리 동전 하나로 분실에 대비할 수 있기 때문이다. 주의점이 있다면 자전거 등록증을 분실하면 경찰들이 분실 신고 접수를 거부하니 주의해야 한다. 이렇게 자전거 등록도 끝낸 나는 로드바이크를

산 것을 굿초이스라고 생각했지만 큰 단점이 있었다. 로드바이크는 바구니가 없어서 장을 본 식자재를 백팩에 넣고 달려야 한다는 점이었다. 매일 물 1병만 구매해도 허리가 휘는 것만 같았다.

자전거를 타고 일본 거리를 달리다 보면 자전거를 타고 있는 사람이 정말 많다. 2017년 키넨스 뉴스에 따르면 일본에서는 2명 중 1명은 자전거를 가지고 있고, 실제로 미등록자를 감안하면 무려 7,300만 대에 달하는 자전거가 일본의 거리를 달리고 있다고 한다.

이렇게 많은 일본인들이 자전거를 애용하는 이유로는 세 가지를 꼽을 수 있다. 첫째, 건강 증진을 위해, 둘째, 비싼 대중교통 이용비와 지옥철을 피하고자, 셋째, 코로나 예방을 위해서이다. 건강 증진이야 두말하면 입이 아플 테고, 무엇보다 자전거는 대중교통을 대신할 때 더욱 빛이 난다. 일본의 지옥철은 한국을 능가한다. 역무원들이 매일 아침 지하철 밖으로 밀려 나오는 사람들을 꾸역꾸역 밀어 넣어 줄 정도니까. 나는 폐쇄공포증으로 인해 캐나다 전철 안에서 두 번이나 기절한 전적이 있기 때문에 지옥철은 그야말로 패닉 그 자체라고 할 수 있다. 자전거는 그런 지옥철로부터 나를 해방시켜 줬다. 나처럼 자전거만으로 출퇴근하기가 어려운 사람들은 역까지만 자전거를 타고 역마다 있는 자전거 주차장을 이용할 수 있다. 하루 주차 비용은 160엔이고 한 달 이용권을 구매하면 더 저렴하게 이용 가능하다.

2019년에 발생한 코로나 바이러스 때문에 자전거 출근을 하는 사람들이 더욱 늘어났다고 한다. 물론 저마다 다른 이유로 자전거를 이용하게 됐겠지만, 오사카에서는 언덕이 없다는 사실이 자전거를 타게 만드는 데에 큰 몫을 했을 것이다. 오사카는 평지가 많아 자전거를 타기에 적절한 지역이기 때문이다. 또 최근 들어 전동자전거의 형태가 많이 보이고 있는데, 자전거를 힘들이지 않고 탈 수 있어서 이 또한 한몫을 했을 것으로 보인다.

나도 지난 5년간 자전거를 타 왔는데, 그 사이에 갈비뼈가 부서져 응급차에 실려가는 사고부터 크고 작은 사고를 여러 번 겪었다. 내가 자전거 규칙을 잘 지켰음에도 일어난 사고들이었다. 그런데 일본은 한국에 비해 자전거 규정 교육이 잘 이뤄지는 편이다. 한국에도 자전거 주행 규정이 정해져 있지만 교육을 철저하게 시키는 편은 아니었던 것 같다. 반면 일본은 자동차 운전면허 취득 또는 갱신 시에 반드시 교통법 교육을 받게 되는데 이때 자전거 규정이 포함되어 있다. 나 역시 자전거 규정 교육을 열심히 받았고, 제법 열심히 지켰다고 생각한다. 그럼에도 불구하고 사고를 겪을 수밖에 없었던 데에는 그만한 이유가 있다.

우선 자전거 전용도를 따라 자전거를 운행한다. 이때 고령화 사회 일본에서는 전용 도로의 화살표를 무시하고 역주행을 하는 할머니, 할아버지가 많기 때문에 반드시 주의가 필요하다. 그리고 자전거를 타면서 저지르는 몇 가지 위법 행위가 있다. 이어폰을 낀 채로 통화하면서 주행하는 것. 지인과 2열 횡대로 대화하면서 주행하는 것. 그리고 밤에 라이트를 켜지 않은 채 달리는 것이 위법 행위에 해당된다. 교육이 잘 이뤄지긴 하지만 자전거를 타는 사람이나 보행자가 위법 행위를 하는 경우가 있어 주의하지 않으면 사고로 이어질 수 있는 것이다. 물론 사고를 방지하기 위해서도 조심해야겠지만, 일본 경찰들은 진급 시기가 오면 밤낮을 가리지 않고 밖에서 자전거 위법 행위자를 수색하고 주의를 주기보다는 무작정 벌금을 부과하기 때문에 더욱 주의해야 한다.

어떤 목적으로 일본에 오든 나는 자전거 타기를 꼭 추천하고 싶다. 일본에서 자전거를 타면 한국에서 보지 못한 풍경을 볼 수 있는데 예를 들어 단독 주택이 지평선 끝까지 이어진 동네가 있다. 그럼 키가 작은 집들 위로 길게 펼쳐진 파란 하늘을 볼 수 있다. 단독 주택이 많은 나라라서 집집마다 정원을 꾸미는 것을 좋아하는데 정말 예쁘게 꾸민 정원도 구경할 수 있다. 구석구석 매력 넘치는 집들이 많아서 눈이 즐겁다.

앞서 말했지만 나는 결벽증에 폐쇄 공포증까지 있어서 자전거는 피할 수 없는 운명이었다. 그리고 자전거로 떠나는 여정이 인생과 참 많이 닮았다고 생각한다. 매번 원하는 길로 갈 수 없고 가끔은 길을 헤맬 때도 있는 것처럼 자전거를 탈 때도 매번 다른 길을 선택할 수 있고 길을 잘못 들어설 때도 있다. 그러나 분명한 것은 인생에서든 자전거를 탈 때든 잘못 들어선 길 위에서도 우리는 새로운 발견을 할 수 있다는 점이다. 자전거를 타면 길을 잃어도 즐겁다. 갬성[03]이 폭발해서 어느 집의 담벼락, 전봇대도 달리 보이고, 무엇보다 계절마다 달라지는 꽃과 나무를 볼 수 있어 매일 여행하는 기분을 느낄 수 있다. 우리 인생에서도 길을 잘못 들어서면 그 안에서 생각지도 못한 배움을 얻을 수 있다. 그러니 지금 가고 있는 길이 틀렸다고 절망할 필요는 없다. 조금 돌아갈 수도 있고, 내가 몰랐던 새로운 길일 수도 있지 않은가. 어쨌거나 길은 이어져 있으니, 우리 앞에 놓인 수많은 갈림길에서도 앞만 보고 힘껏 페달을 밟길 바란다.

03 갬성 : 감성의 은어

Ep 07

배려와 존중이 중요한 국제 연애&결혼

나는 컴퓨터 앞에 앉아 모니터를 뚫어지게 바라보며 손가락으로는 키보드의 새로고침 버튼을 쉴 새 없이 누르고 있었다. 30분쯤 지났을까 지칠 대로 지쳐 버린 내가 포기하려던 그때, 드디어 새로운 메일 한 통이 도착했다. 잔뜩 겁에 질린 나는 한 쪽 눈을 감고 땀으로 흥건하게 젖은 손으로 메일을 클릭했다. '합격입니다.' 나는 메일 속의 한 문장을 읽고 환호성을 지르며 방방 뛰었다. 일본에 온 지 약 2년 만에 디자인 실력만으로 인정을 받아 일본 회사에 취업을 한 것이다. 한껏 신이 난 나는 이 소식만 기다렸을 가족과 친구들에게 합격 사실을 알렸다. 나만큼이나 좋아해주는 친구들이 많았는데 캐나다에서 만나 지금까지 쭉 좋은 인연으로 지내고 있는 친구 하나가 나에게 꼭 소개시켜 주고 싶었던 동기가 있었다며, 번듯한 직장도 생겼으니 소개시켜 주겠다고 했다. 그렇게 취업과 동시에 새로운 인연을 소개받았다.

그러나 그녀와의 첫 만남은 그리 순조롭지 않았다. 아침부터 한껏 차려 입고 있었는데, 약속 시간 30분 전쯤 머리는 산발에 온몸이 땀으로 흠뻑 젖어 있었던 것이다. 약속 시간을 착각한 그녀가 1시간이나 빨리 도착해 심통 난 목소리로 전화했기 때문이었다. 나는 30분 안에 갈 수 있다고 답하고선 폐가 터질 정도로 달려 약속 장소에 도착했다. 미리 도착한 그녀가 머쓱한 얼굴로 기다리고 있었다. 일본 여성을 소개받은 건 처음이라 어떻게 인사해야 할지 몰라 나는 비즈니스 미팅에서처럼 명함을 내밀었다. 나중에 들은 이야기지만 일로 만난 사이도 아닌데 선뜻 명함부터 내미는 내가 인상적이었다고 한다. 우리는 그 날 이후로 매일 전화와 라인[04]을 주고받았고, 몇 차례 데이트를 하다가 머지않아 서로를 의지할 수 있는 연인이 되었다.

한국인 남자와 일본인 여자가 천생연분이라는 말이 있는데 국제 결혼을 한 일본 여성 중 한국 남자와 결혼한 비율이 25.4%로 가장 많았다. 씁쓸하게도 이혼율은 50%라고 한다.

04 라인: 카카오톡과 비슷한 모바일 메신저

연애는 좋아도 결혼 생활은 힘들 수 있다는 말이다. 숫자는 거짓말을 못한다. 나도 아내와 연애하면서 문화 차이로 인한 크고 작은 다툼을 피할 수 없었다. 예를 들어 스킨십 문제가 있다. 한국에서는 연인끼리 길을 가면서도 스킨십을 많이 하지만 일본에서는 손조차 잡지 않는 경우가 더 많다. 지금은 나도 일본인 패치가 되어 밖에서는 애정 행각을 하지 않지만 연애 초만 해도 밖에서 아내의 머리를 쓰다듬거나 포옹을 하면 아내는 굉장한 거부 반응을 보였다. 그럴 때마다 한숨을 내쉴 만큼 답답했었다. 사람마다 조금씩 다르지만 일본인들은 다른 사람에게 연인 사이의 감정을 드러내는 것을 창피하게 여기고, 다른 사람들로부터 불쾌감을 살 수 있다는 생각에 밖에서는 대체로 애정 행각을 하지 않는다.

무엇보다도 한일 커플이 느끼는 스트레스 1위는 연락의 빈도와 방법이다. 우리나라는 휴대폰에 온 메시지를 '문자'라 부르고 일본은 신기하게 '메일'이라고 부른다. 그래서 컴퓨터 메일처럼 읽어도 바로바로 답장할 필요가 없다고 느낀다고 한다. 지금은 메신저 앱에 읽음 표시가 뜨기 때문에 나름 답장을 빨리 하는 사람이 늘어났다고 하나, 콩 심은 데 콩 난다고 하지 않나. 마이 페이스로 답장이 느린 일본인이 굉장히 많다고 한다. 그렇다고 갑자기 전화를 걸면 사생활을 존중하지 않는다고 생각한다. 애인을 1순위로 생각하는 한국과 달리 일본은 가족, 친구, 취미, 연인이 공동 1순위이기 때문에 전화도 미리 합의하에 해야 한다. 생각날 때마다 전화하는 게 당연한 한국인에겐 마치 묵언수행과도 같은 어렵고 힘든 수행이자 수련의 시간이 될 것이다. 천생연분이라고 불리는 우리 부부 역시 밥을 먹을 때도, 여행을 갈 때도, 서프라이즈를 할 때도 문화 차이를 겪어야만 했다.

한 번은 아프다는 연락을 받아서 걱정되는 마음에 감기에 좋은 것들을 리서치하고, 비타민 영양 보조제, 귤, 알로에, 생강, 시금치, 배 주스, 유자, 매실, 무를 사서 8km나 떨어진 그녀의 집까지 자전거를 타고 갔었다. 땀을 뻘뻘 흘리며 잠깐만 얼굴을 볼 수 있으면 좋겠다고 전화를 했고 10분 정도 지나서 1층 로비에 나온 아내는 나에게 이렇게 말했다. “오늘 걱정해줘서 고마워요. 그런데 다음에는 미리 연락하고 와 줬으면 좋겠어요.” 나는 그 순간 이마에 빠직하고 핏줄이 섰다. 물론 가족들이 같이 사니까 감기 정도는 잘 챙겨 주시겠지만 나 몰라라 하기는 싫어 나름대로 걱정되는 마음을 담아 간 거였는데…

나중에 알았지만 일본인은 집 앞 슈퍼를 가도 화장을 한다고 할 정도로 다른 사람에게 민낯을 보여주길 싫어한다고 한다. 게다가 그 화장을 가볍게 하는 게 아니기 때문에 준비하는 시간만 해도 꽤 오래 걸린다는 것이다. 또 약속이 없을 때는 프라이빗한 시간이라 여기기 때문에 누구라도 불쑥 찾아오면 선을 넘는 것이라 생각해 그리 달가워하지 않는다고 한다. 이 사실을 미리 알았다면 그 고생을 하고 쓴소리를 듣지 않아도 됐을 텐데 말이다.

결혼을 앞두고 우리는 2월 14일 발렌타인데이에 혼인 신고를 했다. 한국은 결혼식을 한 날이 결혼기념일이 되는 반면에 일본은 혼인 신고를 한 날이 결혼기념일이 된다. 그리고 한국은 결혼식이 끝난 뒤에 혼인 신고를 하는데, 일본에서는 혼인 신고를 먼저 하고 결혼식을 한다. 우리 부부도 혼인 신고를 먼저 했고 4개월 동안 같이 살 집을 찾아 계약했다. 그런데 문제는 그 다음이었다. 이삿날을 정하는 데에도 문화의 차이가 있었던 것이다. 나는 혼자 살던 집의 계약이 해지되는 날에 맞춰 이사를 했는데, 아내는 2주 뒤에 이사를 하겠다고 했다. 양국의 '이사하기 좋은 날'이 다르기 때문이었다. 한국은 손 없는 날을 이삿날로 정하기 때문에 우리 부모님께서도 이 날만 골라서 이사를 했었다. 일본에도 이사하기 좋은 날이 있다. 달력에 길일과 흉일이 쓰여 있는데, 일본인들은 되도록이면 타이안(大安), 토오비키(友引), 센쇼우(先勝)가 적혀 있는 날에 이사를 하려고 한다. 그러다 보니 아내와 나의 이삿날이 달랐던 것이다. 문제를 해결하기 위해 양가 부모님께 전화를 드렸더니, 우리 부모님은 길일에 이사하는 게 맞으니 아내에게 천천히 이사하라고 하셨고, 처가 부모님께서는 내가 외로우니 아내에게 빨리 이사를 하라고 하셨다. 부모님들께서 서로 양보를 하시다 보니, 결국 내가 2주간 혼자 지내면서 아내를 기다리는 것으로 문제를 끝낼 수 있었다.

국제 결혼을 한 사람들은 서로 태어나 자란 환경이 다르기 때문에 많은 부분에서 차이를 보일 수 있다. 때문에 소소한 단점들이 보이긴 하겠지만, 국제 부부로 살다 보면 단점보다 좋은 점이 훨씬 많다는 것을 깨닫게 된다. 고맙다는 표현을 많이 하는 문화, 나보다는 상대방을 배려하는 문화, 더치페이 문화 등은 단점을 모두 잊게 할 만큼 큰 장점으로 느껴진다. 결국 국적을 불문하고 결혼 생활을 유지하기 위해선 상대를 이해하고 인정하는 배려심이 필요한 만큼 두 사람 사이에 서로 존중하는 마음만 있다면 전혀 문제가 되지 않을 것이라고 생각한다.

Ep 08

설렘과 긴장으로 가득했던 처갓집 방문의 날

아직도 처음으로 처갓집을 방문한 날을 잊을 수가 없다. 1층 현관에서부터 초인종을 누를까 말까 고민하며 부들부들 떨던 내가 기억이 난다. 방문 며칠 전부터 인터넷을 다 뒤져 가며 일본 가정집 방문 시 주의사항을 암기했었다. 외국인 사위가 탐탁지 않으실지도 모른다는 생각에 작은 실수라도 하지 않기 위해 나름 애를 쓴 것이다. 조사에 의하면 우선 방문 전에는 오미아게(お土産: 선물)를 준비하는 것이 좋다고 했다. 선물의 가격은 한 사람당 5,000원 이상으로 계산하여 너무 작은 것을 사지 않는 것이 현명하다는 글을 본 적이 있다. 나는 현명한 사람보단 배포가 큰 남자로 보이고 싶어 백화점에서 인기 있는 7천 엔짜리 디저트를 샀었다.

아내와 8개월간 연애하며 매일 집 앞까지 데려다 주었지만,

집 안으로 들어가는 건 상상해 본 적이 없었기에 방문 며칠 전부터 심장이 튀어나올 것만 같았다. 긴장한 나를 위해 아내는 몇 가지 조언을 해 줬다. 일본 가정집에 방문할 때는 약속 시간보다 너무 일찍 도착하는 것도, 지각도 절대 안 된다고 했다. 빨리 가면 의도치 않게 주인이 손님 맞을 준비를 할 시간을 뺏게 되고, 집집마다 분위기는 조금씩 다르겠지만 일본이 약속을 중요시하는 나라이기 때문에 늦으면 큰 결례라고 했다. 아내는 약속된 시간에 딱 맞추거나 5분 정도 빨리 도착하는 것이 가장 좋다고 말해 주었지만 가뜩이나 준비성이 좋은 나는 긴장까지 더해진 탓에 30분 먼저 도착했고 현관문 앞에서 초인종을 누를까 말까 고민하면서 쭈뼛쭈뼛 15분을 기다리다 보니 맨션에 거주하는 분들이 나를 이상한 눈으로 바라보기 시작했고, 민망한 나머지 초인종을 눌러 버렸다. 조금 빨리 도착했지만 가족들의 준비는 다 끝난 상태였기 때문에 다행히 큰 실례가 되지 않은 모양이었다.

현관문이 열리자 나는 교과서에서 배운 대로 처음에는 '곤니치와'로 인사를 드리고, 집에 들어가기 전에는 현관에서 신발을 벗으면서 잊지 않고 집주인의 허락을 구하는 표현으로 오자마시마시타(お邪魔しました°)라고 말씀드렸다. 일본에서 대학을 나온 지인이 말하길 같은 실수를 하더라도 일본어가 유창

한 사람이라면 일본 문화를 잘 알 것이라고 생각해 예의가 없는 사람이라고 오해하게 되고, 일본어에 미숙한 사람이라면 '잘 몰라서 그러나 보다'하고 좀 더 이해하게 된다고 했다. 이 이야기를 듣자마자 내가 일본어에 유창하지 않다는 것에 조금은 안심이 됐었다.

처가 식구들은 반가운 얼굴로 나를 맞이해 주셨다. 그리고 안으로 들어가기 전, 아내가 일러준 대로 벗어 둔 신발을 가지런히 정리했다. 세면대로 안내받아 손을 씻으면서 다섯 식구의 칫솔이 나란히 있는 것을 보고 화목함이 엿보이는 것만 같아 나도 모르게 입가에 미소를 지었다. 손을 씻은 후엔 바로 불단 앞으로 안내받았다. 불단 위에는 아내의 할아버지, 할머니의 영정 사진이 있었고 당시 나는 결혼을 하기 전인데도 기도를 드리라는 말에 당황스러움을 감추지 못했다. 내가 본 수많은 인터넷 기사에 불단에 대한 정보는 없었기 때문이다. 집에 돌아와서야 올바른 기도 방법을 찾아봤다. 불단 앞에 무릎을 꿇고 향을 하나 꺼내 불을 붙인 다음, 불을 끌 때는 입김으로 끄지 않고 향을 위아래로 흔들어 끄고 향꽂이에 꽂아 준다. 그리고 옆에 있는 막대기를 들어 종을 가볍게 1~2번 치고 기도를 드리면 된다고 했다. 나는 첫날에 입으로 후 불어 향을 껐고, 아니나 다를까 후에 아내에게 주의를 받은 기억이 있다.

처음으로 집에 초대받은 나를 위해 장모님께서는 상다리가 부러질 정도로 거하게 음식을 준비해 주셨다. 식사 시간이 되자 모두 함께 '이타다키마스'라고 합창을 하고 식사를 시작했다. 다른 자리에서 한 차례 뵙고 이런저런 대화를 나눈 적이 있었기에 질문의 수는 적었지만 밥이 입으로 들어가는지 코로 들어가는지 모를 정도로 긴장을 했던 것 같다. 알고 보니 장인어른은 내게 하고 싶은 질문이 많았지만, 질문 공세로 내가 부담을 느낄까 봐 말씀을 아끼셨다고 한다. 나는 배려심 깊은 장인어른께 너무나도 감사했다.

식사를 할 때는 작은 것 하나까지 신경이 쓰였는데, 특히 나에게는 나쁜 버릇이 몇 가지 있었기 때문에 처갓집에서 무의식적으로 나쁜 식사 예절을 보이게 될까 봐 조심 또 조심했다. 식사 예절을 잘 배운 아내에게 다음 세 가지만큼은 주의를 하라고 당부 받기도 했다. 식탁에 팔꿈치 올려놓기, 다리 꼬기, 한 손으로 식사하기가 그것이다. 다행히도 식사가 끝날 때까지 잘 참았고, 그 이후로도 다신 하지 않게 되었다. 내 식사 예절은 거의 완벽했다. 밥을 먹을 때 밥그릇을 일본식으로 바르게 들지 않는다고 형님께 주의를 받은 것만 빼면 말이다.

일본 사람들은 밥그릇을 들고 입에 댄 채로 밥을 먹는데, 이때도 올바른 파지법이 있었다. 나는 밥그릇을 바르게 쥐는 방

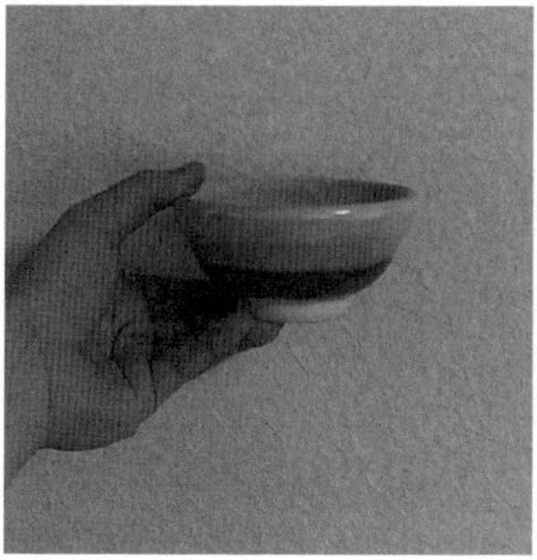

올바른 파지법

잘못된 파지법

법을 몰랐고 그저 손으로 들어 올리기만 하면 된다는 생각에 손이 가는 대로 편한 방식으로 밥그릇을 받치고 있었다. 아내와 형님의 말씀에 따르면 다수의 일본인들도 실수를 하는 부분이기 때문에 바른 파지법이 있다는 것만 알아 두면 좋을 것 같다고 했다. 하지만 올바른 파지법으로 밥을 먹으면 손가락이 뜨거운 탓에 나는 아직도 올바른 파지법을 무시한 채로 밥을 먹고 있다.

또 나는 아직까지 한 번도 한 적 없는 비매너 행동이지만 절대 해서는 안 되는 행위가 있다. (1) 젓가락을 식탁에 내려 놓을 때는 젓가락 끝이 상대방을 향하지 않게 하기 (2) 젓가락으로 음식을 주고받지 않기다. 일본인들은 상대를 향해 절대 손가락질을 하지 않기 때문에, 무심결이라도 젓가락으로 음식이나 사람을 가리키지 않도록 주의하는 것이 좋다. 그리고 젓가락으로 음식을 주고받지 않는 이유는 장례식장에서 망자의 뼈를 젓가락으로 주고받는 행위가 있기 때문이라고 한다. 밥그릇에 숟가락을 꽂는 것도 비슷한 이유이기 때문에 자제해야 한다.

나는 처가 식구들과 즐거운 시간을 보내면서 과음을 했지만 취하지 않으려 애를 썼다. 아버지와 나는 소주 한 병도 못 마실 정도로 술이 약했지만 장인어른은 진짜 애주가셨다. 머리가 핑핑 돌기에 "오테아라이 오카리시마스"라고 가장 정중한 표현으로 말씀을 드리고 화장실에 갔다. 화장실 티슈는 손님이 사용하기 좋게 삼각형으로 예쁘게 접혀져 있었다. 그리고 벽면에는 아내의 초등학생 시절의 사진이 걸려 있었고 그걸 기분 좋게 보다가 그만 5분 정도 잠이 들었던 것 같다. 장인어른께 맞추느라 어찌나 취했던지 알 수 있는 대목이다. 다시 정신을 차린 후 서둘러 나와 가족들과 디저트타임도 가졌다. 준비해 주신 모든 식사와 디저트를 먹고선 다 함께 '잘 먹었습니다'라는 뜻으로 "고치소사마데시타"라고 합창을 했다. 식사가 끝난 후 장모님께서 뒷정리를 하시기에 눈치껏 도울 것은 없는지 여쭤봤다. 이럴 땐 도울 게 있는지 물어보는 것이 일본의 문화라고 배웠기에 잊지 않고 말씀을 드렸더니 마음씨가 곱다며 예뻐해 주셨다. 아내의 말로는 무리해서 주방 일을 도와드리려고 하면 개인 공간을 침해한다고 생각하는 분도 더러 있다고 했다.

초대해 주신 분들과 이야기 꽃을 피우다 보면, 분위기에 취해서 퇴장할 시간을 놓치게 될 수도 있다. 인터넷으로 배운 일본 예절에 의하면 분위기가 좋더라도 집에 너무 오래 머물지 말고 적당할 때 일어나는 센스가 필요하다고 했다. 아침부터 집안 청소에 요리까지 하느라 바빴을 장인 장모님을 쉬게 해드리기 위해 나는 슬슬 집에 가 보겠다고 조심스럽게 말을 꺼냈고, 처갓집을 나설 때는 '안녕히 계세요.'라는 말 대신에 "오자마시마시타(お邪魔しました: 방해를 해드렸네요)"라고 인사를 드렸다. 장모님은 자취하며 혼자 챙겨 먹으라면서 장만한 음식을 한 보따리 싸 주셨고 나는 양손 무겁게 처갓집을 나왔다. 보통은 2~3일이 지난 후에 전화나 라인으로 감사한 마음을 표현하는 것이 요즘의 트렌드라고 들었지만 한국인으로서 당연히 집에 도착한 즉시 잘 도착했고 맛있는 음식을 차려 주셔서 감사하다고 메신저로 감사의 인사를 드렸다. 정말이지 잊지 못할 추억이라는 생각이 들었다. 일본 문화를 다 익히질 못해 실수도 많고 수다스러운 사위 때문에 당황스러운 일도 많으셨을 텐데 언제나 감사할 따름이다.

Ep 09

코로나로 인해 치르게 된 일본 전통 혼례

어른들이 결혼에 대해 논할 때면 이구동성으로 하는 말이 있다. 결혼식은 두 번 해도, 결혼식 준비를 두 번 하고 싶지는 않다는 말이다. 결혼을 준비한다는 건 누구에게나 쉽지 않은 일인 것 같다. 나름 결혼 3년차가 되어 미혼인 친구들에게 훈계질을 하고 있지만, 나 역시 결혼하기까지 우여곡절이 많았다.

결혼의 시작점인 프로포즈부터 막막했다. 일본에 와서 월세에 공과금, 통신비를 내면서 아끼고 아껴 봐도 도저히 반지 살 돈이 없었던 것이다. 이 상황에 운 좋게도 코트라에서 정착 지원금이, 회사에서는 여름 보너스가 나와서 프로포즈용 다이아몬드를 구매할 수 있었다. 반지가 아닌 다이아몬드를 산 이유는 회사 선배의 말에 따른 것인데, 일본에서는 요즘 다이아몬드로 청혼하는 것이 트렌드라고 했다. 미적 감각이 없는 예비 신랑들이 구입한 반지가 촌스러운 탓에 신부들이 착용을 하지 않기 때문이란다. 나름 디자이너로서 미적 감각은 있다고 자부하지만 반지 사이즈가 맞지 않아 교환하는 경우를 생각해서 나도 선배와 같은 방식으로 다이아몬드를 구매한 것이었다. 그리고 프로포즈 디데이! 2019년 7월 20일, 아내를 집에 초대했다. 종이로 접은 다이아몬드 반지로 청혼을 한 뒤 싫다고 하면 진짜 다이아몬드를 꺼낼 생각이었는데, 착한 내 아내는 종이 반지를 보고도 눈물을 흘리며 청혼을 수락해 줬었다. 그런데 이렇게 마음씨 고운 아내도 결혼 준비를 할 때는 다른 사람 같았다.

국제 부부의 특성상 결혼식을 한 번만 할 수가 없다. 두 나라 중 한 곳에서만 결혼식을 진행하면 양가 부모는 괜찮지만 친척들이 참석하기가 어렵기 때문이다. 그래서 보통은 신랑의 나라에서 한 번, 신부의 나라에서 한 번 더 한다고 한다. 우리 부부도 한국과 일본에서 각각 한 번씩 하기로 했고 우선 한국에서 결혼식을 올리기로 했다. 결혼식을 준비하기 위해 한국과 일본을 오가며 힘들게 식장을 예약한 뒤 드레스를 고르고 있었는데 망할 코로나가 발생했다. 다행히 부모님께서 코로나 발생 2주 전에 오사카에 와 주신 덕분에 상견례는 무사히 마칠 수 있었지만, 결혼식은 코로나로 인해 3년이 지난 지금까지도 무기한 연기되고 있다.

코로나가 종식되길 기다렸지만 1년이 지나도록 감감무소식이었다. 우리는 아이를 갖고 싶다는 생각도 있었는데 결혼 사진 한 장 없는 집에서 신혼부부로, 또 아이를 키우면서 살아야 한다는 것이 문득문득 씁쓸하게 느껴졌다. 더 이상 코로나가 잠잠해지기만을 기다릴 수는 없겠다는 생각이 들었다. 결국 하늘길이 끊겨 버린 상황에서 한국에 계신 부모님께는 죄송하지만 처가쪽 분들만 모시고 전통 혼례를 하자고 제안했고 모두 좋은 생각이라며 흔쾌히 허락해 주셨다.

그렇게 우리는 혼인 신고를 하고 1년 반이 지나서야 카미가모(上賀茂神社) 신사에서 결혼식을 올렸다. 난생 처음 입어 보는 하카마(袴: 일본 전통 남성 혼례복)에 나막신을 신고 쭈뼛쭈뼛 걸어 다녔다. 결혼식 날 5월의 비가 내렸는데 하카마는 겉보기와 달리 치마였기 때문에 하반신이 너무 추웠다. 그러나 잠시 후 아내가 시로무쿠(白無垢)를 곱게 차려 입고 나온 모습을 보자 춥다는 것도 까맣게 잊어버리고 말았다. 하객 친척분들은 장인어른 외 남성분들은 정장을, 장모님을 비롯한 여성분들은 검은색 쿠모토메소데(黒留袖: 결혼을 한 친족의 여성이 입는 옷)를 입으셨다.

일본 전통 혼례의 절차는 다음과 같다. 신랑이 먼저 대기실에서 나와 신부 마중을 나간다. 대기실에서 나온 신부와 함께 대나무 줄기로부터 나오는 맑은 물로 손을 씻는다. 그리고 안내에 따라 남편이 아내에게 우산을 씌운 채로 본 행사장까지 행진한다. 나는 행진 중에 호기심을 못 참고 아내에게 이 우산은 맑은 날에도 쓰냐고 물어보니, 맑은 날에도 쓴다고 했다. 도착한 본 행사장의 왼쪽에는 신랑의 친척, 오른쪽에는 신부의 친척이 나란히 앉고, 신랑 신부는 중앙에 앉는다. 스님께서 나오셔서 다복을 빌어 주신다. 이후 결혼하고도 1년간 끼워 주지 못했던 반지를 꺼내 마침내 반지 교환을 했다. 반지를 끼운 순

전통 혼례 중 서사봉독을 하는 나의 모습

간 드디어 부부가 되었음을 실감했다.

스님의 안내에 따라 술을 세 잔 마셨는데, 두 번은 마시는 척만 하고, 세 번째에 고개를 움직이지 않고 팔만 들어올려 마시라고 하셨다. 다음으로는 서사봉독이라고 해서 부부가 됐음을 알리는 선언문을 낭독했다. 오래된 한자와 어투 때문에 외국인은 두말하면 입 아프고 일본사람들도 실수를 한다고 들어서 매일 밤 낭독 연습을 했었다. 그럼에도 불구하고 막상 선언문을 읽을 때는 입술이 파르르 떨렸었다. 선언문이 끝나고 스님께서 방울이 달린 대나무를 딸랑딸랑 소리를 내며, 나와 아내의 머리 위에 살짝 갖다 대셨다. 마지막으로 친족 결배의식이라 하여 가족 모두에게 축복의 술잔을 채운 뒤 동시에 마시며 친척의 인연을 맺으며 결혼식은 끝이 났다.

한국에서 아직은 결혼식을 해 본 적이 없어 구체적으로 어떻게 다른지 말하기 어렵지만, 어려운 전통 혼례를 따라가다 보니 힘든 줄도 모르고 눈 깜짝할 사이에 끝났던 것 같다. 사진 촬영도 끝나고 결혼식이 마무리되면 피로연을 위해 식당으로 이동하여 모두 함께 식사를 한다. 식사 자리에서 처가 친척들이 아내가 결혼한 것이 믿기지 않았는지 눈물을 보이시는 분들이 있었다. 사랑을 참 많이 받은 사람이라는 생각이 들며 앞으로는 내가 아껴 줘야겠다는 생각이 들었다. 마지막으로 오늘

하루 함께 해 주신 친척분들께 답례품으로 앞서 언급한 '도쿄 튤립로즈'의 과자를 선물했다.

일본에서 일본 여자와 결혼한 덕분에 한국 남자가 일본 전통 혼례를 하는 귀중한 경험을 했다. 다만 결혼식에 내 부모님께서 참석하시지 못해서 큰 아쉬움이 남는 결혼식이었다. 얼른 코로나가 종식되어 양가 부모님을 모시고 한국에서 결혼식을 치르고, 곧 태어날 아이도 부모님의 품에 안겨드리고 싶다.

Ep 10

일본 문화를 이어가는 장모님의 사랑

한국이나 일본이나 큰 명절에는 전통적으로 특별한 음식을 만들어 먹는다. 한국에서는 설날에 떡국을 만들어 먹고, 추석에는 송편을 빚어 먹는 것이 보통이다. 일본에서도 설날과 추석에 다양한 음식을 만든다. 그리고 한국과 일본을 막론하고 명절 음식을 만들 때는 엄마들의 노고와 사랑이 많이 필요한 법이다. 나 역시 결혼 후에 장모님이 손수 만들어 주신 명절 음식을 통해 음식 하나하나에 담긴 의미를 배울 수 있었다. 이번 에피소드에서는 장모님의 사랑으로 만들어진 일본의 명절 음식을 통해 일본의 문화도 살짝 소개하고자 한다.

일본에서는 설날을 '오쇼가츠'라고 한다. 우리나라의 설날은 구정이지만 일본에서는 신정을 쇠는데, 1월 1일 전후로 1주일간 연이어 공휴일이다. 이때는 온 가족이 모여 오세치 요리

를 먹는데, 오세치 요리는 건강을 기원하는 쿠로마메(黒豆: 검은 콩), 가족의 번영을 기원하는 카즈노코(数の子: 청어알), 축제를 의미하는 카마보코(かまぼこ: 어묵), 번영과 풍요를 상징하는 다즈쿠리(田作: 삶은 어린 멸치), 인생의 성공을 기원하는 도미와 방어구이, 뿌리에 열매가 주렁주렁 달리는 것에 비유해 다산을 의미하는 사토이모(里芋: 감자조림), 가족의 유대와 힘을 상징하는 다타키고보(たたき牛蒡: 우엉조림) 등이 있다. 또 노인처럼 굽은 등에 수염이 긴 새우를 먹음으로써 장수와 지혜를 기원하고, 가족의 곤경을 예측하여 피할 수 있게 해 준다는 연근도 함께 먹는다. 우리 처갓집은 생선가게를 하고 있어 특이하게도 복어회와 복어국 그리고 대게도 함께 먹는다. 음식이 너무 많다 보니 식사 시간만 해도 두 시간을 훌쩍 넘긴다. 배가 남산만하게 나오면 소화를 시키기 위해 다 함께 내기 볼링 또는 내기 당구를 친다. 나는 매년 내기에 져서 명절마다 지갑이 텅텅 빈다. 소화가 되고 약간 허기가 지면 다시 집으로 돌아와 오리고기 나베로 따끈따끈한 저녁을 보낸다. 신정엔 배가 터질 정도로 먹어야 한다는 게 처갓집의 룰이기 때문에 먹다 보면 기나긴 신정이 끝이 난다.

신정이 끝나고 일상을 보내다 1월 7일이 되면 이번에는 나나쿠사가유(七草粥)를 만들어 먹는다. 신정에 과식, 과음으로 부담을 준 위장을 달래기 위해 일곱 가지의 풀을 넣어 만든 죽을 먹는 풍습이다. 일곱 가지 풀은 미나리, 냉이, 떡쑥, 별꽃, 광대나물, 순무, 무로, 이것을 이용해 죽을 만들고 소금으로 간을 해 담백하게 먹으면서 무병장수를 기원하는 것이다. 봄의 향을 잔뜩 머금은 죽 위에 폰즈를 살짝 뿌려 먹으면 온몸이 따뜻해지는 기분이 들어 '행복'이라는 말이 절로 나온다. 장모님께서는 매년 가족들에게 이 죽 한 그릇을 대접하려고 드래곤볼을 모으듯 일곱 가지 나물을 모으기 위해 온 동네방네를 돌아다니신다고 한다.

신정과 관련된 또 하나의 풍습이 있다. 탑처럼 쌓은 동그란 카가미모치(鏡餅: 찹쌀떡)를 식탁 주변에 올려 놓고 11일을 기다리는 것이다. 직접 빚은 이 떡으로 '떡 팥죽'을 만들어 먹는데 새로 빚은 떡을 신에게 바침으로 가족의 영혼이 힘을 얻는다고 믿었다고 한다. 크고 작은 떡을 11일간 탑처럼 쌓아 두는 이유는 음과 양을 쌓아 올림으로써 복과 덕을 쌓는 것을, 둥그런 모양은 심장을 의미한다고 한다.

2월 3일은 세츠분(節分)이라고 하여 우리나라의 입춘과 비슷하다. 한국에서는 입춘이 오면 아버지께서 입춘대길(入春大吉)이라는 한자를 아주 정성스럽게 써서 현관에 붙이곤 하셨다. 엄한 아버지 옆에서 나는 아버지가 사용할 먹을 갈던 기억이 난다. 이런 환경에서 자라다 보니 옛 풍습을 지켜가는 것이 얼마나 중요한 일인지 자연스럽게 깨닫게 되었고, 그 수고로운 일을 매년 해 나가는 사람들이 아주 멋져 보였다. 전통을 지켜 가는 것은 일본 역시 마찬가지였는데, 비슷한 명절이라도 그 풍습은 전혀 달랐다.

일본의 세츠분은 두 가지 행위를 통해 복을 기원한다. 하나는 도깨비 가면을 쓴 사람에게 콩을 던지며 도깨비는 밖으로, 복은 집안으로 들어오길 기원하는 것이다. 또 다른 풍습은 미스터션샤인이라는 드라마에도 나온 적이 있었는데, 자신의 나이와 같은 수의 콩을 먹는 것이다. 두 번째 풍습은 손이 많이 가는 에호마키(恵方巻き)를 먹는 것이다. 에호마키는 굵은 일본식 김밥인데 특별한 규칙은 없지만 일반적으로는 붕장어, 장어구이, 계란말이, 표고버섯 등이 들어간다고 한다. 우리 처갓집에서는 두툼하게 썬 참치나 연어를 넣어 굉장히 두꺼운 것이 특징이다. 그리고 이것을 다 먹을 때까지 길방[05]을 바라보며 한마디도 하지 않는 것이 원칙이다. 그러나 우리 처가 식구들은 장모님이 만든 김밥이 너무 맛있어서 한입 베어먹자마자 맛있다며 소리를 낸다. 나도 장모님께 맛있다고 말씀드리고 싶

05 길방: 좋은 방향. 손 없는 날에 가는 방향. 손이란 날짜에 따라 방향을 달리하며 따라다니면서 사람의 일을 방해한다는 귀신

지만 융통성이라곤 없는 난 김밥을 다 먹기 전까지 입도 뺑끗 하지 않아 매년 처가 식구들이 나를 보고 웃곤 한다.

3월 3일은 여자아이의 건강과 성장을 기원하는 히나마츠리(ひな祭り)다. 이 날이 되면 지라시스시(ちらし寿司)를 만들어 먹는 풍습이 있는데 지라시스시는 '꽃초밥'이라는 별명을 가지고 있다. 남자 형제만 있는 집에서는 이 날을 챙기지 않는 가정도 있다고 하지만 처갓집에는 아내와 처제가 있어서 장모님께서 매년 만들어 주셨다고 한다. 지라시스시는 딸 사랑이 기본이며 손이 많이 가는 요리 중 하나이다. 밥알이 서로 붙지 않게 밥알 하나하나를 식혀 주는 노고가 필요하고, 밥 위에 올라가는 고명으로는 계란, 우엉, 연근, 감자, 맛살, 어묵이 필수고, 연어, 광어, 도미, 농어, 참치, 꽁치, 성게알, 연어알, 오징어 등의 해산물은 선택적으로 올려 먹을 수 있도록 준비를 해야 한다. 이제 두 딸이 모두 시집을 가서 더 이상 지라시스시를 만들지 않아도 되지만, 장모님께서는 딸들을 그리워하는 마음으로 아직까지도 매년 지라시스시를 만들어 집으로 초대해 주신다. 그 덕분에 장모님의 딸 사랑, 그리움이 가득 배어 있는 지라시스시를 맛보고 있다.

일본은 음식의 종류와 이름에 의미를 부여하고, 그때그때 지켜야 할 것도, 조심해야 할 것도 많은 나라다. 당연히 그 문화에 적응할 때까지 다소 시간이 걸릴 수 있다. 그럼에도 불구하고 내가 이렇게 짧은 시간 안에 일본 문화를 이해하고 받아들일 수 있게 된 데에는 가족과의 시간을 소중하게 여기고 매년 문화를 지켜 오신 장모님의 역할이 크다고 생각한다. 연간 행사부터 순산 기원까지 참으로 사랑이 넘치는 처가 식구들 덕분에 나는 매순간 소중한 추억을 만들어 가고 있다. 이 책을 빌어 장인 장모님께 감사의 인사를 드리고 싶다. “가족으로 받아주셔서 감사합니다. 사랑합니다. 존경합니다.”

Ep 11

우리 아이 건강을 비나이다~ 비나이다~

2021년 9월 15일, 회사에서 이리저리 치이다 터덜터덜 집에 와서 곧바로 아내가 차려 준 밥상 앞에 앉았다. 밥을 먹고 나서 아내가 달달한 디저트를 먹겠냐고 물어봤고 나는 아무 생각 없이 고개를 끄덕였다. 곧 아내가 내 손에 흰 막대기 하나를 건네줬고, '먹는 건가'하고 생각하다 순간 온몸이 경직됐다. 흰색 막대기는 디저트가 아니라 두 줄의 선이 선명하게 보이는 임신 테스트기였던 것이다. 살면서 처음 본 임신 테스트기에 심장이 터질 것 같아 함박웃음을 터트렸고 철부지 같은 나는 이날부터 아빠가 되었다.

그러나 하나 걱정되는 것이 있었다. 일본의 길거리에서는 장애를 가진 분들이 제법 많이 보이는데 혹시 우리 아이가 장애를 가지고 태어나면 어쩌나 불안해졌던 것이다. 그리고

GOHONGI CLINIC에 포스트된 요코하마 시립 대학의 통계 자료에 의하면 매년 약 0.2%씩 기형아가 증가하고 있다고 한다. 아내가 말하길 일본은 장애를 가진 부모가 정신적 스트레스로 아이를 포기하지 않도록 하기 위해 21주까지 낙태가 허용된다고 했다. 낙태 방법으로는 두 가지가 있는데, 초기에 마시는 음료를 이용하는 방법과 중기에는 우리가 흔히 아는 것처럼 수술을 하는 방법이 있다고 한다. 일본에서 친해진 한 지인은 세 차례나 유산을 한 탓에 기형아라도 좋으니 낳고 싶다고 했지만, 나는 장애를 가진 아이를 보는 부모의 마음이 얼마나 아프고 무거울지 가늠조차 되질 않았던 탓에 불안한 마음으로 정밀 검사가 가능한 병원을 찾아봤다.

임신 21주차까지 아이에게 장애가 있는지 확인할 수 있고, 4D로 얼굴, 성별, 양수량, 태반의 위치, 심장 검사, 뇌 구조, 심장 질환, 손발의 이상, 폐, 신장, 장, 혈류, 탯줄 혈류까지 확인 가능한 병원이 있었다. 그동안 아내가 다니던 병원은 코로나 감염을 예방하기 위해 남편은 출입할 수가 없었는데 이 병원은 남편도 함께 진료실에 들어갈 수 있어 아내와 나는 21주차까지 아이의 건강한 모습을 4D로 함께 볼 수 있었다. 그간 아내를 통해 들어야만 했던 아이의 건강 소식을 의사에게 직접 들으니 나도 모르게 주체할 수 없이 눈물이 났다. 의사와 간호

사는 보통 남편들은 잘 안 운다며 행복한 가정이 될 것 같다고 말씀해 주셨다. 이때 느낀 행복은 내 인생에서 가장 값진 추억이 되었다.

뱃속의 아기는 건강하게 자라고 있었고, 5개월쯤 되었을 때 장모님께서 일본에는 안전 출산을 기원하는 문화가 있다고 하셔서 처갓집 식구 모두 함께 절에 가게 되었다. 에도 시대부터 시작되었다는 이 문화를 오비이와이(帯祝い)라고 하는데, 임신 5개월의 안정기에 들면 이누노히(戌の日: 개의 날)에 임산부의 배에 복대를 감아 축하한다고 전해진다. 이 복대는 순산을 기원하며 병원에서 주기도 하고, 건강한 출산을 도와준다는 유명한 절에 가서 구매하는 경우도 있다. 그래서 우리는 신께서 안전한 출산을 도와주신다고 하는 교토의 '나카야마테라'에 가서 기도를 드렸다. 장모님께서도 이 절에서 삼 남매의 순산을 빌며 복대와 '안잔오마모리(安産お守り)'라는 부적을 구매하셨다고 한다. 감회가 새로웠을 장모님께서 첫 손주를 위해 복대와 부적을 사 주셨다. 내 아이가 어른이 되어 아이를 가졌다는 사실에 약 30년 만에 다시 찾은 절에서 장모님의 눈시울은 내내 붉어져 있었던 것 같다.

아이가 태어나기 3개월 전에는 회사에서 출산 휴가에 대한 지침이 내려오기도 했다. 아내가 출산할 경우 남자 직원에게도

5일간의 특별 휴가를 주겠다는 고마운 공지였다. 특별 휴가는 (1) 출산 당일로부터 5일, (2) 아내가 병원에서 퇴원하고서부터 5일, (3) 출산 보고 후 1달 이내에 5일 등 자유롭게 선택할 수 있었다. 아이가 태어나면 일이 손에 잡히지 않을지도 모르겠다고 걱정했는데 덕분에 한시름 놓았고, 다니고 있는 회사에 다시 한 번 감사했다.

노령화로 유명한 일본은 출산 후 양육을 위해 육아 휴직을 추천하고 있다. 휴직을 지원하고 재취업을 촉진하기 위한 제도라고 한다. 후생노동성[06] 웹사이트에 따르면 육아 휴직이 가능한 시기는 아이가 태어난 후 1년 6개월이 되기 전까지이며, 보통은 1년간 육아 휴직을 쓴다고 한다. 출산 수당으로는 42만 엔이 일시금으로 지급되고, 육아 휴직 중 급여는 6개월 전후로 달라진다. 6개월까지는 기존 월급의 67%를, 6개월 이후로는 50%를 받을 수 있다. 대신 세금을 떼어가지 않아 육아 휴직이 이득이라고 생각하는 아빠들도 많아지고 있는 추세라서 내 주변엔 집안일을 하면서 아이를 돌보는 친구가 둘이나 있다. 친구들을 따라 나도 2022년 7월부터 4개월간 육아 휴직을 신청했고, 앞으로 태어날 딸아이와 천당과 지옥을 함께 만날 준비

06 후생노동성: 사회복지·사회보장, 공공 위생 및 환경 등에 관한 업무를 담당하는 행정 기관

를 하고 있다.

아이가 태어나면 처가 식구들과 함께 할 일들이 많다. 우선 칠칠밤이라고 하여 아이가 태어나고 7일째에 진행하는 행사가 있다. 헤이안 시대부터 시작했다고 하는데 당시에는 7일 동안 건강하게 자라는 아이의 수가 적었기 때문에 잘 자라 준 것을 기념하는 의미에서 아이의 이름을 붓글씨로 예쁘게 써서 신에게 바쳤다고 한다. 지금은 붓글씨 대신 캘리그래피를 활용하는 가정이 늘어나고 있다고 한다.

그 다음으로는 '오미야 참배'가 있다. 남자아이는 31~32일째 되는 날에, 여자아이는 32~33일째 되는 날에 절에 데리고 가서 향후 건강하게 자라길 기원하며 신사 참배를 한다. 온 가족 모두 모여서 하는 행사이기 때문에 사진 촬영을 하는데, 남성은 반드시 정장을 입어야 하고 아이에게는 전통 축하복(노시메)를 입힌다고 한다. 전통 축하복 외에도 최근에는 드레스나 정장을 입히는 경우도 많아지고 있다.

100일에 행하는 풍습에 대해서는 아내에게 들은 적이 있다. '오쿠이조메(お食い初め)'라고 해서 어른들이 먹는 음식을 잔뜩 차려 놓고 순서에 맞게 입술에 살짝 갖다 대어 먹는 시늉을 하게 해 준다고 한다. 먹을 복이 있기를, 또 튼튼한 치아를 갖길 바라는 마음에서 이와 같은 풍습이 있다고 한다. 이어서 한국에서는 '첫돌'에 돌잡이를 하는데, 일본에도 그와 비슷한 애라비토리(選び取り)가 있다. 이때 준비물 역시 비슷하다. 부자가 된다고 믿는 돈 외에 물건과 그 의미를 함께 나열하면, 계산기-상인, 사전-지식인, 연필-화가&작가, 젓가락-요리사, 줄자-큰 집을 지어 살게 된다는 의미, 가위-미용사, 악기-음악가, 공-운동선수, 풍선-세계적으로 유명해진다는 의미를 가지고 있어 대부분 한국의 문화와 비슷하다.

일본에 온 지 약 5년 만에 취업과 결혼, 임신을 경험했다. 처음 일본에 왔을 때는 하루하루가 지옥 같았던 날도 있었는데 이렇게 행복해질 수 있었던 건 지금 내 옆에 있는 '가족' 덕분이라고 생각한다. 하루하루 일본에 물들며 좋은 아빠, 남편, 사위가 되겠다고 다시 한 번 다짐해 본다. 이제 나는 아빠라는 이름으로 아이와 함께 기념할 것도, 쌓아 나가야 할 추억도 많다. 벌써부터 설렘이 가득하다. 곧 태어날 우리 아이에게는 이렇게 말해 주고 싶다.

'아가야, 건강하게 태어나 주렴. 늘 부족하지만 초심을 잃지 않고 성실한 아빠가 될게.'(출산 예정일 D+1)

김기환

일본에서 〔 취업 〕하다

Ep 01

진학이 아닌 취업으로

나는 문부성 국비 유학생으로 일본에 유학을 왔다. 일본에서 무엇인가를 배워야겠다는 확고한 의지가 있었던 건 아니다. 내가 졸업하던 시기에 한국의 취업 시장은 리먼 쇼크로 인해 얼어붙은 상태였다. 취업문이 좁아질 대로 좁아진 상황에서 나는 차선책으로 진학을 생각하게 된 것이었다. 그때 친구의 권유로 함께 일본 문부성 유학생 시험을 준비하게 됐다.

문부성 국비 유학생에게는 학비 면제는 물론이고, 연구비 명목의 생활비까지 지급된다. 이렇게 좋은 조건의 국비 유학생 제도는 전 세계적으로도 드물다. 나는 일본어 능력시험 1급을 취득한 상태였기 때문에 도전해 보기로 했다. 그리고 세 달이 채 되지 않은 준비 기간 끝에 나는 운이 좋게도 문부성 국비 유학생 선발 시험에 통과하게 되었다. 평소 관심 있었던 경제

학 석사 과정을 일본에서 밟게 된 나는 이것을 계기로 박사 과정까지 진행해 볼 생각이었다. 문부성 국비 유학생에게는 박사 3년차까지 유학생 혜택을 지원하기에 경제적 안정성이 확보되기 때문에 박사 과정까지 진행하지 않을 이유가 전혀 없었다. 하지만 석사 과정에서의 논문 준비는 쉽지 않았다. 책을 읽고 외우는 형태의 공부를 주로 했던 나는 새로운 이론을 만들어 가야 하는 석사 과정에서 연구가 아닌 습득만을 반복하고 있었다. 배경지식을 흡수하는 과정은 문제가 없었지만 그 배경지식을 가지고 사회 현상 또는 사회 문제를 설명하는 과정에서는 나의 문제 의식이 많이 부족했다. 책에 쓰여 있는 그대로를 머릿속에 집어넣어 왔던 나는 그 내용에 대해 의심이나 의문을 품어 보질 못했던 것이다. 연구 주제도 자주 바뀌면서 석사 논문 진행이 더디어졌고, 이는 나에게 고통으로 다가왔다.

같은 연구실에 있던 일본인 학생도 나와 크게 다르지 않았다. 비슷한 고민을 가진 우리는 금세 친해졌고, 연구 주제에 대해 더 많이 이야기했다. 그러던 어느 날, 한 일본인 친구가 표지에 SPI라고 크게 쓰여 있는 책을 가지고 온 적이 있었다. SPI는 일본 기업들이 채용 과정에서 능력과 적성을 확인하기 위해 시행하는 필기 시험 중의 하나이다. 한국의 공기업 직무 능력 시험인 NCS와 삼성 채용 필기 시험인 GSAT와 비슷하다고 생각하면 된다. 시험센터에서 SPI를 보는 기업도 있지만 대부분은 인터넷을 통해 시험을 보기 때문에 동아리실이나 비어 있는 교실, 심지어는 연구실(하라는 연구는 안하고 취업 준비한다고 눈치 주는 사람이 많음)에서도 삼삼오오 모여서 시험을 치르는 광경을 심심치 않게 볼 수 있다. 한국에서 GSAT를 준비한 적이 있던 나는 일본의 SPI 시험에도 자연스레 관심을 가졌다.

일본인 친구는 지금과 같은 상황에서 박사 과정까지 가는 것은 현명한 선택이 아닐 것 같다며, 갑자기 진학이 아닌 취업 쪽으로 진로를 변경했다. 동병상련하던 친구가 방향을 틀자 나도 흔들렸다. 하지만 무작정 덤벼들 수는 없었기에 먼저 시험의 난이도부터 확인하고 싶었다. 그래서 친구에게 부탁해 그가 SPI 시험을 볼 때 같이 문제를 풀어 보기로 했다.

SPI는 독해력, 이해력 등을 따지는 언어 능력 시험과 확률, 통계가 주를 이루는 수리 능력 시험으로 구성되어 있는데 크게 어렵지는 않았다. 다만 언어 능력은 한자를 많이 알지 못하면 힘들 수 있다. 그렇다고 높은 점수가 필요한 것은 아니다. 어디까지나 사회생활에 필요한 최소한의 능력을 검사하는 것이기에 합격을 좌지우지할 만큼 중요도가 높지는 않고, 단지 면접 여부를 결정하는 기준으로만 활용되는 경우가 많다. SPI는 확실히 GSAT와 비교해서 어렵지 않았다. 이 정도면 나도 할 수 있겠다는 생각으로 본격적으로 취업 준비를 하기로 결정했다.

나는 지도 교수님에게 취업 활동을 해 보고 싶다고 말씀드렸다. 교수님께서는 내가 사회 현상에 대한 문제의식이 부족한 이유가 사회 경험이 없는 탓이라고 생각하시고 나의 취업 활동을 독려해 주셨다. 박사 과정에 들어간다면 문부성 국비 유학생의 자격은 유지할 수 있겠지만, 지금처럼 논문 작성에 어려움을 느낀다면 오히려 취업이 좋은 선택이 될 수 있다고 덧붙이셨다. 교수님 역시 10년 이상 사회생활을 하신 후에 연구 활동을 시작한 케이스였기 때문에 나의 이러한 선택을 긍정적으로 생각해 주셨다.

일본에서는 졸업까지 1년 남은 학생들을 대상으로 신입사원 채용이 이루어진다. 기업 입장에서는 내년의 신입사원 수를 미리 확정하여 회사 내 인원 배분을 계획할 수 있어 유리했고, 학생 입장에서는 다양한 회사와 면접을 보고 최종적으로 어느 회사로 갈지 정할 시간을 얻게 되는 셈이었다. 최종 합격 발표가 나면 바로 회사로 출근해야 하는 한국과는 사뭇 다른 시스템이다. 취업 시기도 업종에 따라 조금씩 다르다. 외국계 기업이 많은 금융계가 가장 빠른 9월부터, 제조업 관련 기업들이 가장 늦은 다음해 1월부터 채용을 시작한다. 일본 내에서의 채용은 한국의 사람인과 같은 마이나비나 리쿠나비 등의 채용 사이트를 통해서 이루어진다. 이력서를 등록하고 원하는 하는 회사에 지원하면 SPI 시험 일정을 정할 수 있는 URL이 공유되고, 필기에 합격하면 면접 일정을 정하는 형태이다. 한국과는 채용 시기만 다를 뿐 기본적인 프로세스는 큰 차이를 보이지 않는다.

SPI 문제집 한 권을 다 풀고 나니 필기 시험은 그렇게 어렵지 않게 느껴졌다. 문제 유형이 정해져 있기 때문에 문제집 하나만으로도 충분히 대응이 가능했다. 면접은 한국처럼 압박 면접으로 진행되거나 대답하기 어려운 질문을 하는 경우는 거의 없다. 면접에서는 크게 1. 기업이라는 조직 사회에 잘 적응할 수 있는가?, 2. 오래 일할 수 있는가?, 3. 개인의 성향은 어떠한가? 이 세 가지를 파악하기 위한 질문이 대부분이다.

나 같은 경우는 첫 번째인 조직 사회 적응과 관련해 군대에 대한 질의가 많았다. 거의 모든 면접에서 군대 이야기를 물어봤다. 아무래도 일본에는 징병 제도가 없다 보니 그들이 경험하지 못한 경직된 조직 사회에서의 경험을 높이 사는 것이라 생각한다.

두 번째로 오래 일할 수 있는가에 대한 질문으로는 '일본에 어떻게 오게 되었는가?', '이 회사를 왜 들어오려고 하는가?'와 같은 질문이 많았다. 외국인이다 보니 오래 일하지 못하고 바로 자신의 나라로 돌아가는 것은 아닐까 하는 걱정이 있기 때문이라고 생각한다. 또한 입사 동기가 명확하지 않으면 쉽게 회사를 떠날 수 있어 이에 대한 질문이 많았다고 생각한다.

세 번째로 개인 성향 파악을 위한 질문으로는 성공담, 실패담, 취미 등에 대해 물었는데 리더십이 강한지, 단체 활동과 개인 활동 중 무엇을 더 선호하는지 등을 확인하기 위한 질문들이었다고 생각한다.

그러나 내가 면접에서 가장 걱정되었던 것은 '좋은 답을 할 수 있는가'가 아니라 '내 대답이 제대로 전달될 수 있는가'였다. 일본에 온 지 2년이 채 지나지 않은 상황에서 대부분의 시간을 책과 논문을 읽는 데에 할애했기 때문에 회화 능력은 그렇게 높지 않다고 생각했기 때문이다. 일어로 대답하기 어려운 것들은 영어를 섞어서 대답하기도 했는데 좋은 전략은 아니었다고 생각한다. 면접관이 모두 영어를 잘하는 것도 아니고, 내 의사와는 다르게 오히려 건방지다는 인상을 줄 수 있기 때문이다. 나는 열 군데가 넘는 곳에서 면접을 보았고 결국 일본에서 취업하게 되었지만 그 과정은 결코 순탄치만은 않았다.

Ep 02

32살의 늙다리 신입사원

일본의 기업들은 나이 많은 신입사원을 채용하지 않는다. 새롭게 일을 배우고 조직 문화를 익혀 나갈 수 있는 사람을 채용하려고 하기 때문에 능력이 있다 하더라도 나이 많은 사람은 선호하지 않는 것이다. 그림을 그리는 과정에 비유하자면, 백지 상태의 사람을 신입사원으로 고용해 회사의 내부 질서라는 밑그림을 그리고 그 위에 회사의 문화를 덧입히면서 회사가 생각하는 초상화인 '회사에 최적화된 인재'로 만들어 가겠다는 의미이다. 다른 기업 문화를 경험해 보지 못한 사람을 채용해 우리회사에 최적화된 인재를 만들겠다는 것이 일본 기업들의 일반적인 신입사원 채용 목적인 것이다.

물론, 해외 유학이나 스타트업 인턴십 등 특수한 상황으로 인해 졸업이 늦어진 경우에는 간혹 채용이 이뤄지기도 한다.

그러나 군대나 해외 유학을 위해 졸업을 유예하는 경우가 거의 없는 일본에서는 큰 이변이 없는 한 신입사원의 나이는 모두 24세(만 23세)이다. 그러므로 일본인 기준으로 26살 이상이 되면 신입사원으로 입사하기란 거의 불가능에 가깝다고 할 수 있다. 능력이 있고 경험이 많은 사람이라면 보통 중도채용으로 뽑는다.

그런데 일본 기업의 이러한 특성에도 불구하고, 나는 2012년에 32살(만 31세)의 나이로 일본 전통 제조 기업의 신입사원이 됐다. 입사 동기와 무려 8살이나 차이나는 중고 신입사원으로서 일본에서 첫 사회생활을 시작하게 된 것이었다.

나이가 많음에도 불구하고 내가 신입사원으로 채용될 수 있었던 이유는 후생성(한국의 보건복지부와 같은 역할을 하는 일본의 정부 기관)의 일자리 정책과 일본 기업의 새로운 채용 방침 덕분이었다.

사실 일본은 저출산과 고령화로 인해 취업 인구가 감소하는 나라다. 이를 타개하기 위해서 후생성은 외국의 우수한 인재를 일본에 정착시키는 이민 정책을 펼쳐 왔다. 일본에서의 생활비와 학비를 모두 지원하는 파격적인 장학제도인 '문부성 국비유학생 제도'도 이민 정책의 일환으로 시행된 것이었다. 그러나 이처럼 많은 국고를 쏟아 부었음에도 불구하고 이민 정책의 성과가 미미하다는 비판이 있었고, 결국 외국인 채용이라는 방법을 선택하게 된 것이다. 일본 기업들은 정부의 지침을 굉장히 잘 따른다. 글로벌 확장을 목적으로 다양성을 확보하고자 처음으로 외국인 채용을 의무화하기 시작했다. 당시에는 전체 채용 인원의 5%를 외국인으로 뽑았다. 그 결과, 2012년에 재류 외국인수가 반등하기 시작했다.

그러나 외국인 채용 붐이 이는 상황에서도 나의 취업은 쉽지 않았다. 최종 면접에서만 5번이나 고배를 마셨다. 처음에는 '내가 한국인라서 그런가'하는 의문이 들기도 했다. 또 한 번 최종 면접 기회를 맞게 된 나는 정말 이번이 마지막이라는 심정으로 면접에 임했다. 최종 면접은 이사급 이상의 임직원 면접이었다. 면접이 시작되고, 한 면접관이 내 이력서를 유심히 들여다봤다. 그리곤 1시간으로 예정됐던 면접이 30분만에 끝나고 말았다. '이번에도 떨어졌구나'라는 직감이 든 나는 답답한 마음에 면접관에게 질문을 던졌다. 나의 돌발 질문에 당황한 면접관은 자리를 고쳐 앉고는 대화에 집중했다.

나 제가 떨어진 이유를 허심탄회하게 이야기해 줄 수 있습니까? 혹시 국적 때문입니까?

면접관 왜 자네가 떨어졌다고 생각하나?

나 1시간으로 예정된 면접이 30분 만에 종료되는 이유는 시간 낭비를 하고 싶지 않다는 뜻이 아닙니까? 결과가 뻔한 면접을 지속할 필요가 없다는 의미로 느껴졌습니다.

면접관 반은 맞고 반은 틀렸습니다. 만약에 당신을 떨어뜨릴 생각이었다면 1시간을 모두 할애했을 겁니다. 1시간이라는 시간은 면접자에게는 권리와도 같은 시간인 데다, 다음에 좋은 결과를 얻을 수 있도록 좋은 경험이 되어 줄 수 있어야 하기 때문입니다. 하지만 합격시킬 사람이라면 굳이 시간을 꽉 채워 시간을 낭비할 필요가 있을까요?

나 …

면접관 그리고 한국 국적은 취업하는 데에 큰 강점이 될 거라고 생각합니다. 군대에 다녀왔다는 점이 특히 그렇습니다. 군대라는 조직 사회를 경험하고 신입 사원으로 입사하는 일본인은 없거든요. 이는 강점이 될지언정 단점이 되지는 않을 겁니다.

나 …

면접관 하나만 더 얘기하겠습니다. 상사가 될 수도 있는 사람에게 따지듯 묻는 것은 좋은 자세가 아닙니다.

다음부터는 조심하기 바랍니다. 돌아가서 결과를 기다리세요.

많은 후회와 탄식을 뒤로 하고 면접장을 나섰다. '괜한 짓을 했다'는 후회도 있었지만, 솔직히 '이렇게까지 이야기하고 떨어뜨리지는 않겠지'라는 기대가 있었다. 그리고 다음날 합격 통지를 받았다.

그리고 입사 3일 전, 입사 예정자를 위한 축하 연회가 있었다. 호텔에서 열린 입식 파티에는 나의 최종 면접관이었던 이사님도 있었다. 이사님은 나를 기억하고 말을 걸어왔다.

이사 우리회사에 입사해 주었군요.

나 다른 회사에는 이사님 같은 분이 없더라구요.

입에 발린 소리인 걸 알면서도 내뱉었다. 그리고 나이가 많은 나를 왜 합격시켰는지 궁금해 물어보았다.

이사 일본인이었다면 아마 뽑지 못했을 겁니다. 아무래도 외국인이다 보니 경험이나 능력만 보고 뽑을 수 있었습니다. 그래도 여기는 일본 회사이니 동기와도 나이 차이가 많이 날 거고 상사가 자기보다 어린 경우도 있을 겁니다. 너무 신경 쓰지 말고 열심히 일하면 분명 좋은 결과가 있을 겁니다.

이 말에 과거 군대에서 24살에 입대한 후임이 생각났다. 네 살이나 어린 고참에게 괴롭힘을 당하고 욕을 먹던 후임의 모습이 나와 겹쳐 보였다. 그리고 입사 당일에는 이런 일도 있었다. 회장님이 입사자 명단을 확인하면서 인사과 부장에게 이런 말을 한 것이다.

"32살이 왜 신입사원이야? 이거 누가 23살을 32살로 잘못 기입한 거 아니야?"

이 말은 지금까지도 선명하게 기억에 남아 있다. 인사과 부장님이 쩔쩔매며 회장님에게 설명했다. '32살 한국인 신입사원이 있다', '해외 연수로 졸업이 지연됐고 군대도 다녀왔다', '그래서 나이가 많은 것이다' 구구절절 늘어놓는 말들이 나를 불안하게 만들었다. 이렇게 나는 32살에 일본의 유명 제조 기업의 늙다리 신입사원으로 일본에서의 첫 사회생활을 시작했다.

나는 일본 취업을 생각하는 사람들에게 서두르라는 말을 많이 한다. 연공서열의 피라미드 조직 구조를 가진 일본의 기업에서는 나이 많은 사람을 선호하지 않기 때문이다. 밑바닥부터 시작해야 하는 신입사원의 자리는 어린 사람에게 훨씬 유리하다. 어리다는 것은 큰 경쟁력이 된다. 그러므로 일본에서 이름이 알려진 회사에 신입사원으로 입사하고 싶다면 시간 낭비를 해서는 안 된다. 30살이 넘어가면 가능성은 정말 낮아진다. 나는 후생성의 지침과 함께 외국인 채용 붐이라는 기회가 있었기에 가능했지만, 그렇지 않았다면 나 역시 일본에서의 취업을 포기해야 했을 것이다. 이를 실감한 나는 나를 채용해준 회사에 늘 감사한 마음이 들었다.

Ep 03

틀에 박힌 매뉴얼 사회, 그 안에서 기회를 찾다

일본 기업에 입사하고 가장 놀란 것은 어마어마한 양의 매뉴얼 북이 있다는 사실이었다. 근무 시작 시에는 어떻게 해야 하는지, 이메일은 어떻게 써야 하는지, 상사의 방에 들어갈 때 인사는 어떻게 하는지, 상사에게 보고할 때는 어떻게 해야 하는지, 심지어는 청소를 어떻게 하는지, 회사 내 계단과 엘리베이터를 어떻게 이용해야 하는지(3층까지는 계단, 그 이상은 엘리베이터 이용) 등 일거수일투족에 지켜야 할 룰이 정해져 있었다. 회사의 모든 일에는 설명서가 있는 셈이다. 일본은 '매뉴얼 사회'라는 말을 자주 듣곤 했는데 회사에 입사하면서 이 말을 실감할 수 있었다.

매뉴얼 북에 따라 대략적으로 나의 하루 일과를 따라가면 이런 식이다. 업무 시작 시간은 8시 20분부터지만 10분간 청소를 한다. 청소 구역을 나눠 담당자를 정해두고, 두 달에 한 번씩 로테이션된다. 8시 30분부터는 전체 조회가 시작된다. 사원 마음가짐 7개조를 제창하고, 전달 사항을 공유한다. 창업자의 기업 정신에 관한 책을 윤독하면 8시 40분이 된다. 이후에는 부서별 조회가 시작된다. 업무 내용을 공유하고 이슈가 있는지 확인한다. 8시 20분부터 8시 50분까지 30분간은 청소 및 조회 등을 통한 업무 전 워밍업 시간이라고 보면 된다. 이후 개인 업무를 본격적으로 시작한다. 내가 속한 회계부는 한 달을 기준으로 매일의 업무가 정해져 있으며, 그 스케줄대로 진행되지 않으면 사유를 보고한다. 거의 모든 일이 루틴화되어 있으며, 즉흥적이거나 일시적인 업무는 과장급 이상이 담당한다. 쉬는 시간도 정해져 있다. 오전과 오후 각 10분씩 총 20분이며, 점심시간은 40분이다. 정식 근무 시간은 8시 30분부터 17시 30분까지로, 9시간 중 한 시간의 쉬는 시간을 제외한 8시간이 업무 시간인 것이다.

내가 다닌 회사가 다른 회사에 비해 유독 엄격하긴 했지만 보통의 일본 회사도 이러한 매뉴얼이 존재하며 정해진 시간 동안 정해진 업무를 소화해 낼 수 있는 능력을 중시한다. 이 매뉴얼에 맞추는 것이 곧 개인의 능력이 되는 것이다. 그러다 보니 직원들은 주어진 업무에만 충실하고 비정기적인 일을 싫어

하는 경향이 있다. 즉흥적인 일은 매뉴얼에 없으니 해법이 없는 것이나 마찬가지다. 상의해서 방법을 찾아야 하지만 매뉴얼에 익숙해진 사람들은 이런 방식을 불편하게 느끼게 된다.

두발과 복장에 대한 기준도 존재했는데, 노출이 심한 옷을 입거나 머리를 장발로 기르거나 염색을 하면 인사상 불이익이 있었다. 한 금발의 외국인은 입사 후 눈치가 보여 머리카락을 검은색으로 염색하기도 했다.

업무의 효율성에 초점을 맞춘 조직 문화는 개성과 다양성을 배제했다. 형태를 규정하고 효율을 설정했다. 그렇기에 그 이상의 능력이 있어도 발휘하지 못하게 된다. 평균적인 능력치에 맞춰 매뉴얼이 만들어지기에 업무 수행 능력에 있어서 특출남을 발휘하고 싶어도 회사에서는 이를 요구하지 않는다. 능력이 있는 사람일수록 회사가 따분하고 지루해진다. 일본 회사에서 일하는 친구가 재미가 없다고 한다면 그 친구는 평균 이상의 능력을 가진 친구라고 봐도 괜찮을 것이다.

나 또한 처음엔 이런 회사 시스템에 적응하기가 쉽지는 않았다. 마치 군대로 돌아간 듯한 기분이었다. 회사 일은 너무 지루했다. 정해진 업무를 정해진 시간에 정해진 방식으로만 해 나가야 했다. 고도의 지식이나 능력을 필요로 하지 않았다. '내가 이런 일을 하려고 대학에서 석사까지 했나'하는 생각이 들었다. 입사하고 1년도 지나지 않은 상황에서 회사를 계속 다녀야 하는지 고민하기 시작했다. 나는 나의 이러한 생각을 당시 회계 책임자에게 털어놓았다. 그리고 나는 작은 기회를 얻었다. 새로운 연결회계 시스템을 도입하는데 나를 담당자로 지명해 준 것이다.

업무는 간단했다. 새로운 시스템의 업무 매뉴얼을 만들어 회사의 회계 시스템에 맞게 커스터마이즈하는 일이었다. 이를 위해서 나는 시스템을 이해할 필요가 있었고, 외부 강의를 듣는 등 대외 활동을 많이 했다. 짜여진 틀에 맞춰 움직이는 것이 아니라 그 틀을 짜기 위해 움직이다 보니 처음에는 기준도 없이 이래저래 일이 쌓여만 갔다. 하지만 어느 정도 지식이 쌓였고, 이를 매뉴얼로 만들어 회계팀을 대상으로 강의를 하기도 했다.

사실 연결시스템을 도입해 준 업체에서 준비한 매뉴얼이 있었기 때문에 내가 실패하더라도 업무에 큰 영향을 미치지는 않았을 것이다. 하지만 내가 만든 매뉴얼이 회사 조직에 더 최적화되었기에 내가 만든 매뉴얼이 룰이 되고 내부 프로세스의 기준이 되었다. 나는 좋은 평가를 받아 실적을 쌓을 수 있었다.

일본은 일찍이 워라밸(워크 라이프 밸런스)에 관심을 가지고 이를 시행해 왔는데, 이것이 가능했던 가장 큰 이유가 바로 매뉴얼 덕분이라고 생각한다. 매뉴얼화가 잘 이루어져 있기에 업무 배분이 쉽고, 야근을 하지 않게끔 내부 업무 규정을 조정하기만 하면 되기 때문이다. 그만큼 일본에서 매뉴얼은 중요하게 여겨진다. 하지만 나는 매뉴얼을 따르는 사람이 아닌, 만드는 사람이 되고자 했다. 그리고 기회가 주어졌다. 이 기회가 없었다면 나는 회사를 계속 다니지 않았을 것이다. 경직되고 수직적인 일본 기업에서 내가 버틸 수 있었던 원동력은 바로 내가 만든 매뉴얼이었다고 생각한다.

그저 정해진 매뉴얼에 따라 일을 한다면 경직된 일본 사회에서 외국인이 기회를 얻기란 정말 어렵다. 그렇기에 새로운 일을 할 수 있는 기회가 생긴다면 꼭 도전해 보길 권하고 싶다. 일본 사람들은 새로운 일에 대해 거부감을 가지는 경우가 많다. 정해진 매뉴얼이나 기준이 없어서 이를 전부 스스로 정해야 하는데 이것을 좀처럼 하려고 하는 사람이 없기 때문이다. 이는 기회다. 그 기회가 온다면 망설이지 말고 잡길 바란다.

Ep 04

일본은 왜 매뉴얼 사회가 되었을까?

일본에서 직장생활을 하기 위해서는 매뉴얼에 대해 조금 고찰해 볼 필요가 있다. 일본 사람들이 왜 매뉴얼에 집착하는지 이해한다면 일본의 조직 생활에 좀 더 쉽게 적응할 수 있을 거라고 믿는다.

일본이 매뉴얼 사회가 될 수밖에 없었던 이유는 무엇일까? 정답은 아니지만 개인적으로 3가지 이유를 찾아봤다. 첫 번째는 일본의 잦은 재해로 인해 매뉴얼 사회가 탄생됐다는 것이다. 지진, 화산, 태풍 등 자연재해에 많이 노출되어 있는 일본은 대피소를 세우고 안전 수칙을 만들어 국민들이 이를 숙지하고 있게 만들었다. 일본 사람들은 어렸을 때부터 지진이 날 때, 태풍이 올 때, 쓰나미가 올 때의 대응 방법을 자연스럽게 익힐 수밖에 없었던 것이다. 이처럼 매뉴얼이란 그들에게는 생존의 문제였다. 반드시 지켜야 하는 룰이 많았고, 다양한 수칙들을 거부감 없이 자연스럽게 받아들이게 된 것이다.

일본 기업에는 여전히 비상 연락망이 존재한다. 비상 연락망은 각자가 연락해야 할 사람이 정해져 있어 무슨 일이 생기면 반드시 릴레이 연락을 하게 되어 있다. 지진이나 홍수가 발생하면 이 비상 연락망을 이용해 반드시 자신의 안부를 보고해야 한다. 실제로 홍수가 났을 때 이 비상 연락망을 통해 내 상황을 전하고 출근 여부를 보고한 적도 있다. 물론 카카오톡이나 라인 같은 메신저가 있는 지금의 시대에는 좀 더 효율적인 방법이 있지 않을까 싶지만, 아직까지 스마트폰을 사용하지 않는 사람도 있기에 비상 연락망 자체가 나쁘다고 할 수는 없다. 이런 시스템이 지금까지 실제로 작동하고 있다 보니 사람들은 자연스럽게 매뉴얼에 익숙해진 것이 아닐까.

그 외에도 회사마다 지역 소방서와 연계해 연 2회 정도 대피소 훈련이나 소방 훈련을 실시한다. 근무 시간을 줄여가면서까지 받는 훈련들은 재해가 많은 일본에는 반드시 필요하다고 생각한다.

보통 사람들은 자신의 행동에 제약을 가하는 수칙, 규율에 대해 강한 거부감을 가진다. 코로나가 처음 발생했을 때도 여러 나라에서는 강한 구속력이 없는 격리 방침을 따르지 않는 사람들로 인해 방역에 어려움을 겪은 바 있다. 이로 인해 각국에서는 다양한 법령이 만들어졌고 마스크를 쓰지 않는 사람에 대해서는 벌금을 부과하기도 했다. 하지만 일본은 조금 달랐다. 사람의 자유를 제한하는 법을 제정하기 위해서는 많은 입법 과정이 필요했고, 그들은 구속력을 가진 방역 법령을 즉각적으로 내지 못했다. 결국 일본은 코로나가 발생하고 1년이 지나서야 관련 법령을 발표했다. 그마저도 강력한 처벌을 동반하지도 않았다. 지침을 따르지 않은 식당이나 업소의 이름을 공개해도 된다는 정도였다. 정부의 지침을 지키지 않더라도 누구도 책임을 묻지 않았지만, 일본의 국민들은 정부의 방침을 너무나도 잘 따랐다. 정부의 대응이 늦었음에도 일본이 많은 감염자와 사망자를 내지 않은 이유는 이러한 매뉴얼 사회에 익숙한 일본 국민들의 특성에 있다고 생각한다.

두 번째로, 제조업 기반의 연공서열식 조직 구조가 매뉴얼 사회를 가속화시켰다고 생각한다. 제조 기업은 컨베이어 벨트를 통해서 생산 라인을 돌리고 분업화를 통해 효율을 극대화해야 했다. 일본의 대표 기업인 도요타는 각 라인의 생산 공정을 초 단위로 설정한 작업 매뉴얼을 만들어 생산 효율을 극대화한 것으로 유명하다. 이러한 공정에서는 많은 시간을 투자하여 숙련도를 올린 사람이 높은 생산성을 유지할 수 있다. 그러니 오래 일한 사람이 높은 임금을 받는 것은 당연한 일이었다. 이로 인해 연공서열식의 조직 구조가 합리적인 것으로 받아들여졌고, 일본의 보편적인 조직 구조로 자리잡게 되었다. 매뉴얼을 잘 숙지한 사람이 높은 자리에 앉는 것이 당연시되면서 이를 외우고 잘 따르는 것이 조직 생활의 모범적인 처세술이 되었다. 이후 점점 더 많은 작업 매뉴얼이 생겨났고, 이는 조직의 내부 통제 수단으로 발전하며 규격화되었다.

그러나 문제는 회사마다 내부 규제가 다르다는 점에 있다. 그러다 보니 일본에서는 한 회사에 오래 다니다가 이직을 하게 되면 새로운 규제에 적응하느라 진땀을 빼야 한다. 새로운 회사에 잘 정착하느냐 아니냐는 바로 내부 규제와 매뉴얼을 얼마나 빨리 흡수하고 숙지하느냐에 달려 있다고 해도 과언이 아니다.

나 또한 제조업에서 이커머스 업종으로 이직한 후에 너무나 다른 시스템으로 인해 많은 어려움을 겪어야만 했다. 무엇보다 힘들었던 건 이전 회사에는 지나치게 많았던 매뉴얼이 이직한 회사에는 없었다는 점이다. 보통은 이직한 직원을 대상으로 다양한 내부 교육을 실시하는데, 내가 새로 이직한 회사에는 이마저도 없어 내가 질문을 해야만 했다. 각 분야별 담당자의 연락처만 주어졌을 뿐 내부 연수 제도는 전혀 없었다. 시스템에 몸을 맡긴 채 수동적으로 지냈던 전 회사와는 달리 연수 프로그램부터 내가 직접 만들어야 하는 능동적인 시스템에 적응해야 했던 것이다.

조직 구조도 달랐다. 제조업은 사원-대리-과장-차장-부장으로 이루어진 피라미드식의 수직 구조였다면 새로 이직한 기업은 외자 기업이었기 때문에 팀 단위로 이루어져 있었고 리더 이외의 멤버는 모두 같은 지위를 가지고 있었다. 팀은 2명에서 8명까지 구성되었고, 프로젝트에 따라 팀과 업무 내용에 변화가 있었다. 그때마다 내가 가진 노하우와 새로운 지식을 배합해 적응할 수밖에 없었다. 예를 들면 외국의 서플라이어와 새로운 상품을 개발하게 되면 회계 담당인 나는 기본적으로 손익을 계산하면서 새로운 수출입 과정을 숙지하는 동시에 수입 관련 세금과 비용까지 공부해야 했다. 과거에는 루턴화되어 있는 업무만을 잘 수행하면 됐지만 지금은 항상 새로운 것을 공부하면서 새로운 과제를 해결할 수밖에 없었던 것이다.

이직을 하게 되면 적어도 이러한 내부 시스템에 적응하기 위해 1년 정도는 고생을 하게 되는데 한 직장을 오래 다닌 사람이라면 이 반동은 훨씬 크게 작용한다. 그렇기 때문에 일본에서는 가능한 한 사고의 유연성이 있는 40대 이전에 이직할 것을 권하고 있다.

세 번째는 주입식 교육이다. 일본의 교육 시스템은 선생이 가르치고 학생은 배우는 일방향 교육 구조를 가진다. 한국도 일본의 교육 시스템을 가져왔기에 토론식 교육에 대한 필요성과 주입식 교육의 문제점 등이 사회적으로 공론화되기도 한다. 이런 주입식 교육의 문제점은 주입되는 교육에 대해 옳고 그름을 판단할 만큼 의문을 가지지 못한다는 것이다. 잘못된 것이라 하더라도 교사를 통해 학생에게 전달되면 이는 가르침이 된다. 그 가르침은 항상 옳은 것이며 당연히 받아들여져야 하는 것이 되고 만다. 일본 사회에 역사 왜곡이 뿌리 깊게 박혀 있는 이유가 바로 이런 일방향 교육 시스템에 있다고 생각한다.

매뉴얼 사회가 정착될 수 있었던 데에는 이런 교육 시스템이 가장 큰 공헌을 했다고 생각한다. 알려준 것을 정확하게 외우고 이를 잘 따르는 사람이 우수생이었고, 이는 매뉴얼 사회에서도 똑같이 적용된다. 학생일 때의 프로세스가 그대로 사회에까지 연장되어 버린 것이다. 매뉴얼 사회의 단점이 부각되고 있음에도 이를 고치지 못하는 가장 큰 이유는 어릴 때 습득한 일방향 교육 방식이 매뉴얼에 대한 거부감을 줄였고, 맹목적인 믿음을 만들어 냈기 때문이다. 이 믿음은 의심을 배제했고, 순종적인 사회인을 만들어 냈다. 일본의 사회는 그렇게 매뉴얼 사회가 된 것이라고 생각한다.

반면 미국 지사에서는 이런 일도 있었다. 일본에서는 매일 아침 업무 시작 전에 몸의 긴장감을 풀고 스트레칭을 겸해 라디오 체조를 한다. 그런데 미국 지사에서는 이러한 행위에 대해 큰 반발이 있었다. 직원들 사이에서 왜 체조를 해야 하는지, 이것이 시간 낭비가 아님을 입증하라는 등의 다양한 의견이 나왔고, 결국 미국 현장에서는 라디오 체조를 도입하지 않게 됐다. 이처럼 미국에서는 매뉴얼에 대한 옳고 그름을 판단하기 위한 공방이 많기 때문에 많은 매뉴얼이 적용되지 못하는 경우가 있다. 교육 시스템을 통해 저항하지 않는 문화가 익숙한 일본에서는 매뉴얼이 쉽게 규제화될 수 있었지만, 교육 환경이 전혀 다른 미국에서는 많은 매뉴얼을 적용하기가 어려웠던 것이다.

일본의 매뉴얼은 다양한 상황에 적절하게 대처하고 효율을 극대화시키기 위한 도구였다. 그렇다면 그것을 입증하는 것이 마땅했겠지만, 언젠가부터 일본에서는 이런 과정들이 생략됐다. 지시에 의문을 품기보다 그저 따르는 것이 효율적이라고 생각하는 사람들이 많아진 탓이었다. 그러나 이러한 무조건적인 수용은 오히려 일본의 매뉴얼이 최적화에서 멀어지는 결과를 낳고 말았다고 생각한다.

내가 필리핀에 있을 때의 일이다. 필리핀 근로자들에게는 선진국인 일본의 시스템이 우수하다고 생각하는 맹목적인 믿음이 있었다. 물론 일본의 분업 메뉴얼이 그대로 받아들여지면서 생산성을 올린 경우도 많았다. 일본의 과거 매뉴얼이 현재의 필리핀 상황에 적합하다는 것을 보여주는 사례도 있었다. 그렇게 회사의 매출이 증가하자 이번엔 개인의 생산성을 늘리기 위해 과거 일본의 생산 현장에서 쓰였던 업무 매뉴얼을 도입하기로 했다. 임금이 많이 높아지면서 자동화가 진행된 일본에서는 더 이상 적용할 수 없는 옛날 매뉴얼이 아직 임금이 저렴한 필리핀에서는 유용할 것이라고 판단했기 때문이다. 한 명의 담당자가 약 20여 개의 CNC 기계를 3분 간격으로 확인하고, 3분이 경과하면 경고음이 울리는 시스템이었다.

문제는 강도 높은 업무 매뉴얼에 필리핀 근로자들이 따라가지 못하면서 불량률이 높아지고 안전사고로 이어졌다는 것이다. 결국 도입 한 달이 채 되지 않아 해당 매뉴얼은 백지화되고 말았다. 높은 기온과 습도로 인해 사람들의 업무 효율이 높지 않았던 데다 수용하기보다는 무리가 있다는 생각부터 했던 필리핀 근로자들이 매뉴얼을 무시해 버린 탓이었다. 결국 내부 통제에 좋은 영향을 주지 못할 것이라고 여긴 지사장이 이 매뉴얼을 즉시 폐지하면서 상황은 일단락되었지만, 근로자들 사이에서는 무리한 업무 지시에 대한 불만의 목소리가 높아지면서 다른 생산 라인에까지 영향을 미치고 말았다. 매뉴얼에 대한 맹목적인 믿음이 검증하지 않은 매뉴얼을 도입하게 만들었고, 결과적으로 나쁜 결과를 초래한 것이다. 매뉴얼에 대한 맹목적인 믿음이 얼마나 위험한 것인지를 일깨워 주는 하나의 사례라고 생각한다.

일본은 지금 딜레마에 빠져 있다. 코로나로 인해 사회적 혼란이 가중되고 있는 지금, 매뉴얼 사회의 문제점이 '매뉴얼 그 자체에 있는가' 아니면 '사회 변화에 맞춰 매뉴얼을 수정하지 못한 운영상의 문제인가'에 대한 논의가 수면 위로 올라온 것이다. 개인적으로는 후자에 초점을 맞출 필요가 있다고 본다. 제조업 기반의 분업화가 잘 이뤄진 일본에서 매뉴얼은 사회에 큰 이점을 안겨주었다. 이를 부정하기보다는 수정하는 것이 맞다고 생각하기 때문이다. 현재 일본은 매뉴얼 수정을 시작한 상태이다. 승인 시스템의 핵심인 도장을 없애고, 디지털화에 가속도를 내면서 기존의 아날로그 방식을 타파하고자 하지만, 사실 저항도 만만치 않다. 일본에는 개인 e-mail이 없는 공무원도 많기 때문이다. 그래서 경제 인구의 고령화가 디지털화에 방해가 된다는 인식도 많다.

여러모로 나는 일본이 빠르게 변화되기란 어렵다고 본다. 사회를 빠르게 바꿔 나갈 만한 강한 리더십의 지도자가 나타난다면 어떨까? 그 또한 어려운 일이다. 파벌화된 내각제로 운영되는 일본의 정치 구조에서는 이마저 쉬운 일이 아니다. 아무래도 일본의 변화는 멀고도 험난할 것으로 보인다.

Ep 05

해외 주재원이 되다

새로운 연결 회계 시스템을 성공적으로 정착시킨 나는, SAP 시스템 도입이나 M&A를 통한 기업 인수 합병 이후의 통합 업무인 PMI(Post Merger Integration) 프로젝트의 멤버로 선발됐다. PMI란, 기존의 회사와 통합한 회사의 내부 규정이나 관리 시스템의 차이를 파악하고, 모회사의 시스템에 맞춰 전체 시스템을 바꿔가는 일련의 과정을 의미한다. 시스템에 대한 이해도가 높고, 회계 업무가 가능했으며, 영어가 어느 정도 됐기에 나는 인수 합병한 신생 자회사의 업무를 서포트하게 되었다. 주로 베트남, 태국, 중국, 한국을 중심으로 인수 합병된 회사들의 PMI 업무를 맡았다.

한 번은 필리핀 자회사의 회계 서포터로서 6개월간 필리핀으로 출장을 가게 된 적이 있다. 회계 시스템을 새롭게 도입하는 상황에서 회계 시스템을 잘 알고 자회사와의 네트워킹이 있는 내가 최적의 인물로 지목됐던 것이다. 나는 새로운 회계 시스템의 도입으로 인한 문제를 본사와 공유했고, 이에 대한 솔루션을 제공했다.

업무상으로는 바쁜 나날을 보냈지만, 긴 해외 출장은 처음이었기에 나는 다른 문화, 다른 언어의 필리핀을 더 깊이 들여다보기로 했다. 필리핀에 있는 동안 나는 따갈로그어를 조금씩 배워 나갔으며, 그들의 음식과 놀이 문화를 즐겼다. 공과 사를 철저히 구분하는 일본인과는 다르게 필리핀 사람들은 직장 동료가 된 나와 쉽게 친해졌고, 그들로부터 사생활도 공유 받을 수 있었다. 많은 사람들을 만나면서 업무에도 도움을 받을 수 있어 좋은 경험이었다고 생각한다. 그렇게 눈 깜짝할 사이 6개월이라는 시간이 흘러, 나는 무사히 본사로 복귀했다. 그리고 얼마 지나지 않아 나를 좋게 평가해 주었던 필리핀 지사장으로부터 필리핀 부임을 제안받았다.

그러나 일본 기업이 외국인을 채용할 때는 그 외국인의 능력을 해외에서 사용하기보다는 일본 내에서 발현시켜 주기를 바란다. 그렇기에 외국인을 연고가 없는 나라의 주재원으로 보낸다는 것은 결정을 할 이유도, 필요도 없는 일이었다. 중국 사람을 중국 자회사에 보내기 위해 채용하는 경우는 있었지만, 외국인을 전혀 상관없는 해외로 부임시키는 경우는 내가 첫 사례인 듯했다. 불행인지 다행인지 필리핀은 치안과 의료 시스템 등의 사회 서비스 인프라가 부족하다는 이유로 일본 사람들에게는 인기가 높지 않은 곳이었다. 가고자 하는 사람이 없는 상황에서 결국 지난 6개월간의 출장에서 성과를 낸 내가 지목됐다. 나에겐 그야말로 큰 기회였다. 나는 이 기회를 놓치지 않고 필리핀 부임 제안에 응했다.

해외 부임을 하니 관리직 또는 경영자의 입장에서 회사를 바라볼 수 있었다. 나는 매주 이사급 이상이 모이는 경영자 회의에 참가하여 필리핀 회사의 실적을 보고했다. 또 다양한 과제가 주어졌고 그 과제를 해결하기 위해 다방면으로 일을 해야만 했다. 원자재 가격 상승에 대처하기 위해 원자재 공급자를 다변화했고, 변동비 삭감을 위해 인원 감축안을 마련했다. 법인세를 면제받기 위해서 필리핀 각료 앞에서 사업 계획과 투자 계획을 발표하기도 했다. 해외 주재원으로서의 업무는 회사의 실적과 직결되는 일이 많았고, 그 노력의 결과가 굉장히 가시적이었다. 나는 필리핀 주재원 생활을 통해 지금까지 느끼지 못했던 보람을 느꼈다.

주재원 제안에 응하지 않았다면 어땠을까. 나는 계속해서 매뉴얼을 기반으로 한 분업화로 인해 나에게 맡겨진 업무에 대해서만 파악할 수 있었을 것이다. 다른 부분에 대해서는 알 필요가 없다. 나사 조이는 일을 하는 사람은 이 나사가 자동차가 되는지 오토바이가 되는지 알 길이 없다. '뭐가 되든 무슨 상관이랴. 그저 주어진 일만 하면 되는 것을…' 이렇게 생각하는 경우가 적지 않다. 철저한 효율화가 업무 전체를 파악하기보다는 주어진 업무에만 최적화되도록 만드는 것이다. 반면 해외 부임자는 솔루션을 제공해야 하는 사람이다. 전체의 흐름을 읽고, 막힌 곳과 비어 있는 곳을 알아야 한다. 개인의 최적화가 아닌, 조직의 최적화를 생각해야 하는 업무를 해내야 하는 것이다. 이때 주어진 업무를 잘 수행하면 회사의 실적이 크게 개선된다는 점도 고무적이다. 이러한 차이로 인해 주재원 생활을 하는 내내 나는 지금까지 느껴보지 못했던 일에 대한 충실감을 느낄 수 있었다. '내 일은 여기 있었구나!'라는 생각과 함께 일에 더 몰두할 수 있었다.

그러니 일본 기업에서 필자처럼 일의 보람을 느끼고 싶다면 나는 어떤 기회든 꼭 잡으라고 조언하고 싶다. 나처럼 해외 자회사에 갈 수 있는 기회라면 더더욱 망설이지 않았으면 한다. 하지만 일본 기업에서 외국인을 연고도 없는 해외로 보내는 일은 그리 많지 않다. 일본의 기업 문화를 전달함으로써 효율이 떨어지는 해외 자회사를 정상화시키는 것이 목적이기에 외국인보다 일본인이 더 낫다고 보는 것이다. 물론, 본사와의 커뮤니케이션에서도 더 유리하다. 이때는 기회를 얻기 위해서 내가 더 잘할 수 있다는 것을 보여줘야 한다. 가장 쉽게 어필할 수 있는 방법은 영어다. 나도 영어를 잘하는 편은 아니지만, 보통의 일본인보다는 높은 토익 점수를 받았다. 그리곤 조금 부족하더라도 자회사 사장들이 모인 글로벌 경영회의에서 자진해서 사회를 보기도 했다. 최선을 다했고, 남들이 하지 않으려는 일을 나서서 했기에 실수가 있었더라도 평가가 나쁘지는 않았다. 이렇게 '할 수 있다'는 확신을 보여주면 기회는 반드시 주어진다.

그렇게 나는 기회를 잡았고, 필리핀에서 4년간 근무했다. 필리핀에는 세 곳의 자회사가 있었는데, 처음에는 한 곳의 Treasurer로 일했다. 이후 업무 성과를 인정받아 3개 자회사 전체를 관리하는 Finance Controller로 승진했다. 세 회사에 소속된 직원 수만 1만 명이 넘었다. 거대한 조직의 Finance Controller가 되면서 자회사의 지사장이 되겠다는 목표가 생겼고, 지금처럼 경력을 쌓아가면 불가능한 일이 아니라고 믿었다. 그리고 여기서 성과를 더 얻는다면 외국인 신입사원 최초로 이사회의 구성원이 될 수도 있을 거라고 생각했다. 그러나 생각지도 못한 코로나 팬데믹이 시작됐고, 나는 꿈을 접고 이직을 택할 수밖에 없는 상황에 직면하고 말았다.

Ep 06

나에게만 해당되는 이상한 내부 규정

2020년 1월, 중국에서 시작된 코로나가 전 세계로 번질 무렵 나는 필리핀에 머무르고 있었다. 심상치 않은 상황에 다른 일본인 주재원들은 급하게 일본으로 돌아가기도 했다. 하지만 한국인인 나에게는 필리핀도, 일본도 모두 외국이다. 일본으로 돌아가야 할 특별한 이유가 없었기에 필리핀에 머무를 생각이었다. 그러나 문제는 일본 비자였다. 취업 비자의 만료 시점이 가까워졌던 것이다.

전 세계적으로 코로나가 심상치 않은 상황에 접어들었고, 외국인 입국을 제한하는 나라들이 생기기 시작했다. 이때만 해도 일본은 중국 외의 나라에서의 입국을 허용하고 있었고, 격리 정책도 마련되지 않은 상황이었다. 그러던 중 필리핀은 도시간 이동을 제한하는 강력한 락다운 정책을 발표했다. 정책은 4일

후에 시행된다고 했다. 정책이 시행되면 나는 공항으로 갈 수 조차 없는 상황이었다. 입국 길이 막힐 수 있다는 생각에 나는 일본으로의 입국을 서두르기로 했다. 기존 계획을 변경해 락다운 시행 전날 필리핀을 떠나기로 한 것이다.

드디어 출국 날이 됐고, 서둘러 마닐라 공항으로 이동했다. 아직 락다운 정책이 시행되지는 않았지만, 몇몇 주요 거점에는 검문소가 세워졌고, 군복 차림의 군인들이 총을 들고 서 있는 모습이 눈에 띄었다. 공항은 나처럼 락다운 전에 출국하려는 사람으로 인산인해를 이뤘다. 결국 체크인까지 무려 4시간이나 소요됐다. 그렇게 나는 코로나 사태의 심각성을 피부로 느끼며 일본에 도착했다.

나는 본사에서 지금까지 미뤄 온 신사업 투자 계획 등을 조율하며 비자 갱신을 준비했다. 비자 갱신이 끝나는 대로 바로 필리핀으로 돌아갈 예정이었다. 하지만 상황이 급변했다. 코로나가 전 세계적으로 확산되면서 나라마다 외국인의 입국을 제한하기 시작한 것이다. 당연히 외국인의 비자 발급도 일시적으로 정지되면서 내 계획도 틀어지고 말았다. 이후 신규 비자 발급은 정지하되 비자 갱신은 허가되면서 한 달 만에 비자를 갱신할 수 있었다.

하지만 이번엔 필리핀 외교당국이 외국인의 입국을 원천적으로 금지하고 나섰다. 어쩔 수 없이 필리핀으로 돌아가지 못하고 일본에서 필리핀 자회사의 업무를 이어갔다. 마침 필리핀의 공장도 필리핀 정부에 의해서 한 달 정도 셧다운이 됐다. 많은 사람들이 모이는 곳이다 보니 정부 차원에서 선제적인 대응을 한 것이었다. 어차피 필리핀에 있었다고 해도 할 수 있는 일이 제한되었을 것으로 보였기에 일본에서 할 수 있는 일에 집중했다. 이 기회를 이용해 본사 경영기획팀과 여러 과제에 대해 논의한 것이다.

그러나 생각지도 못한 일이 벌어졌다. 인사부에서 나의 상황을 일시 귀국으로 보고, 이 기간 동안 해외 주재원 수당을 지급해선 안 된다는 의견을 낸 것이다. 개인 사정으로 일시 귀국을 했을 때는 해외 주재원 수당을 지급하지 않는다는 내부 규정이 있었다. 핵심은 나의 일본 비자 갱신에 있었다. 이것을 개인 사정으로 볼지, 업무의 연장선상으로 볼지 판단해야 했다. 인사부의 주장은 이랬다. 실제로 일을 하고 있는 필리핀의 취업 비자는 회사가 지원하는 것이 맞지만 일본에서 일하는 것은 아니기 때문에 일본 취업 비자를 취득할 이유가 없다는 것이었다. 고로, 개인 사정이라고 했다.

그러나 나는 인사부의 결정에 동의할 수 없었고, 강력하게 항의했다. 해외 주재원들은 주재국과 일본에서 모두 월급을 받는다. 나는 외국인이었기에 나의 은행 통장과 금융 자산들은 모두 나의 외국인 등록증과 묶여 있었다. 또 외국인 등록증은 나의 비자를 기반으로 만들어지기 때문에 만약 일본 비자가 없어지면 나의 외국인 등록증도 말소되고 만다. 일본에서 내 신분을 증명할 방법이 사라지는 것이다. 뿐만 아니라 영주권에도 문제가 생긴다. 영주권을 신청하기 위해서는 내가 계속 일본 회사에서 일했다는 증거가 필요하다. 그러나 취업 비자가 없으면 일본에서의 내 경력이 끊기고 만다. 일본 회사의 요청으로 해외 자회사에 파견을 갔다는 사실을 증명할 길이 사라지는 것이다. 또한 필리핀에 살고 있음에도 불구하고 일본에서 내고 있는 연금은 어떻게 연동시킬 것인가 하는 문제도 있다. 이렇게 일본 취업 비자가 없으면 나에게 발생할 수 있는 피해들을 보상할 수도 없으면서 취업 비자는 개인의 문제라고 판단하는 것에 문제가 있다는 것이 나의 주장이었다.

나는 필리핀 자회사의 지사장과 내가 소속돼 있던 사업부문 본부장이자 전무에게까지 지금의 인사부 정책에 문제가 있다고 피력했다. 갈등이 심화되자 필리핀 지사장은 나의 일본 체류를 출장으로 통보함으로써 이 문제를 해결하려고 했다. 지사장의 이러한 판단에 인사부도 더 이상 문제 제기를 할 수 없게 됐다.

결국 해외 주재원 수당은 물론이고, 4개월간의 일본 체류기에 해당하는 출장 수당도 추가로 지급됐다. 당연한 처사였다. 코로나라는 특수 상황과 외국인으로서 외국에서 일을 하는 나의 상황은 이전에는 없던 상황이었으므로 현재의 내부 규정으로는 판단할 수 없는 게 맞았다. 그럼에도 불구하고 인사부는 결과가 나에게 유리한 쪽으로 결정됐다며 계속해서 불만을 표출했다. 형평성에 어긋난다는 것이었다. 하지만 전례가 없는 상황에서 형평성을 운운하는 것이야말로 이해할 수 없었다. 물론, 가족 문제로 일시 귀국한 사례가 있었지만 그들은 내국 근무자였다. 나의 경우와는 달랐다. 무엇보다 나의 일본 체류를 출장으로 규정지었음에도 계속해서 납득하지 않는 인사부의 태도에 나 역시 그들을 비판할 수밖에 없었다. 어쨌거나 4개월간의 일본 체류가 출장으로 받아들여지면서 이 문제가 일단락되긴 했지만 인사부는 이를 100% 납득한 상태는 아니었다.

그 후 필리핀 정부의 외국인 입국 금지 조치가 일부 완화되면서 비즈니스를 목적으로 한 입국이 허용됐다. 나는 서둘러 필리핀 귀국 일정을 잡았고, 본사에서의 일을 마무리하고 있었다. 그런데 출국을 앞두고 인사부가 갑자기 새로운 내부 규정을 발표했다. 외국인에 대한 해외 주재원 금지 조항이었다. 일본인일 경우, 주재국의 취업 비자만 있어도 되지만 외국인의 경우 주재하는 나라와 일본의 취업 비자를 모두 확보해야 한다. 이것이 형평성에 어긋난다는 것이었다. 단, 출신 국가의 주재원일 경우에는 규정에 해당되지 않는다는 내용이 포함돼 있었다. 출신 국가가 아닌 곳에서 주재원을 하고 있는 사람은 나뿐이었다. 결국 이 규정에 해당하는 사람은 나 하나였다.

나는 지사장과 사업 본부장에게 이는 외국인에 대한 차별 조항이라며 강하게 항의했다. 분했다. 지금껏 해외 자회사를 전전하며 PMI 업무를 진행하고, 최근에는 3개 자회사의 Finance Controller가 되어 해외 자회사의 지사장을 목표로 누구보다 열심히 일한 나였다. 나를 해외 주재원으로 선택한 것도 회사였다. 그런데 이제 와서 일본에서만 일하라는 회사의 이상한 규정으로 외국인의 꿈을 짓밟아버린 것이다. 나에게는 마치 사형 선고와도 같았다. 해외 자회사만 350곳이 넘는 회사에서 이런 규정을 만들었다는 것에 화가 났다.

일본의 기업에서는 새로운 규정이 생긴다고 해도 옳고 그름을 따지는 사람이 거의 없다. 인사 관련 규정을 만드는 것은 인사부의 고유 권한이기에 타 부서의 사람이 왈가왈부해서는 안 된다고 생각하는 것이다. 그러나 나는 이번 인사 규정에 있어서만큼은 도저히 가만히 있을 수가 없었다. 인사부는 나를 해외 주재원에서 배제시킴으로써 공정함을 수호할 수 있다고 생각했기 때문이다. 나는 회사에서 이레귤러였다. 나는 인사부 부장을 찾아가 따졌다.

"도대체 어디가 글로벌 회사라는 겁니까? 일본인만 해외 주재원이 가능하다는 규정이 말이 됩니까? 이건 외국인에 대한 명백한 차별입니다. 외국인에게 일본 취업 비자를 보장하는 것이 왜 문제가 되는지 이해가 되지 않습니다."

하지만 돌아오는 대답은, 싫으면 나가라는 식이었다. 회사의 규정을 따를 수 없으면 회사를 계속 다닐 수 없지 않겠냐는 것이었다. 더 이상 대화를 이어 나갈 이유가 없었기에 나는 알았다고 짧게 대답하고 생각했다. 나를 타깃으로 한 내부 규정을 만든 회사를 그만둬야겠다고. 필리핀으로 돌아가더라도 다시 일본으로 발령이 날 테니 나는 지금의 경력을 바탕으로 외국에서 일할 수 있는 회사를 찾겠다고 마음먹었다.

필리핀으로 돌아온 이후, 일이 손에 잡히지 않았다. 회사를 그만둬야 한다는 생각 때문이었다. 나는 귀국 지시가 떨어지기를 기다리면서 필리핀 동료들과의 이별을 준비하고 있었다. 하지만 3개월이 지나도 아무런 지시 사항이 없었다. 인사부에 문의해 봐도 기다리라는 답변만이 돌아왔다. 새로운 내부 규정에 따르면 나는 외국에 있으면 안 되는 것이 아니냐며, 왜 기다려야 하는지 다시 물었다. 그러자 새로운 내부 규정에 대한 재검토 명령이 떨어져 규정대로 진행할 수가 없다는 것이었다. 이미 회사 전체에 발표를 한 상황임에도 불구하고 무엇을 재검토한다는 것인지 이해되지 않았다. 나중에야 인사부에 있는 동기를 통해 그 이유를 알 수 있었다. 당시 필리핀은 확진자 수가 급증하면서 다시 한 번 외국인 입국을 금지했고, 일본 역시 좋은 상황은 아니었다. 이런 상황에서 외국으로 가겠다는 사람이 없었던 것이다. 내가 내부 규정으로 귀국해버리면 이 자리가 공석이 되는 상황이라 문제가 발생할 것을 우려해 재검토 상황으로 분류해 놓고 시기를 늦추고 있었던 것이다.

나는 일본으로 돌아가야 이직을 할 수 있는데 이마저도 순조롭지 못한 상황이었다. 계속 귀국 지시가 내려오기만을 기다릴 것인지 냉정하게 판단해야 했다. 회사는 내가 해외에서 경력 쌓는 것을 원천적으로 봉쇄한 상황이다. 조금 더 필리핀에 남아 일을 할 수 있다고 해도 언젠가는 일본 본사로 돌아가야 한다. 내부 규정이 사라진 것도 아니다. 그렇다면 내가 더 이상 이 회사에 남아 있을 이유가 없었다. 결국 나는 필리핀에 머무른 상태에서 사직서를 제출하기로 했다. 지사장은 펄쩍 뛰었다. 후임을 찾기도 어려운 상황에 갑자기 그만두면 누가 재무 회계를 책임지냐며, 자신에 대한 배신이라면서 사직서를 받지 않으려 했다. 본사와의 갈등 국면에서 지사장의 도움을 받은 데다, 그간 신세진 일도 많았기에 나는 6개월만 더 일하겠다고 말하고는 책상에 사직서를 두고 나왔다. 6개월이면 후임을 찾고 필리핀에 파견하기에는 충분한 시간이라고 생각했던 것이다. 지사장도 내가 이렇게 결정할 수밖에 없는 이유를 이해하고 있었기에 내 결정을 존중해 주기로 한 듯 보였다. 그렇게 나는 6개월이란 시간 안에 필리핀 주재원 생활을 어떻게 마무리할까 고민해야 했다.

10년을 일한 회사였다. 그만두는 것이 결코 쉬운 선택은 아니었다. 이직을 생각해 본 적도 없었다. 32세의 나이 많은 나를 뽑아준 회사였고, 또 근무하는 동안 많은 기회를 얻었다는 생각에 늘 감사하기만 했다. 하지만 이번 인사 규정으로 인해 이 모든 감사함이 한꺼번에 사라지고 말았다. 등 떠밀리듯 나가는 내 신세가 한없이 처량했다. 월급쟁이로 사는 것이 이런 것이구나 싶어 가슴이 먹먹해졌다. 신세진 사람들이 많았기에 그 신세를 다 갚지 못하고 나가는 것이 안타까울 뿐, 회사에 대해서는 전혀 미안한 마음이 없었다.

일본에서 가장 많이 들었던 말이 '모난 돌이 정 맞는다'였다. 그저 '평범하게 살아라, 시기의 대상이 되지 마라' 이 정도의 의미라고 생각했다. 그런데 일본에 있으면서 느낀 건 여기서 말하는 평범함이란 '규정에 속하는 것'을 의미한다는 것을 알게 됐다. 매뉴얼 안에 존재하지 않으면 돌발상황으로 인식되고, 결국 정을 맞게 되는 것이다.

일본 국적이 아닌 사람이 해외 주재원이 되었고, 코로나 팬데믹으로 인해 내부 규정에서 벗어나자 가차없이 이레귤러로 규정되었다. 나는 모난 돌로 간주되어 정을 맞은 것이다. 그러나 이것이 잘못됐다고 말할 순 없다. 자신의 커리어 패스(Career path)에 맞는 조직을 찾으면 해결될 문제이기에 일본 사회의 특성으로 여기고 이해해야 한다고 생각한다.

만약 지금 일본 사회의 일원으로 활동할 계획이 있다면 회사 내부 규정과 자신의 커리어 패스가 일치하는지 꼭 확인하길 바란다. 일본 사회에서는 다름이 정을 맞는 이유가 될 수 있기 때문에 이를 방지하기 위해서라도 하나의 처세술로서 반드시 알아 둘 필요가 있다. 그렇지 않으면 자신이 모난 돌이 아님을 증명하며 살아가야 할 수도 있으니.

Ep 07

이직

일본의 이직 시장은 에이전시를 통해서만 이루어진다. 에이전시를 통하면 구직자는 기업을 일일이 찾아다니는 수고를 하지 않아서 좋고, 기업 입장에서는 많은 구직자들의 정보를 얻을 수 있어 좋다. 게다가 채용이 결정돼야 비용이 발생하는 구조라 충분한 메리트가 있다. 하지만 기업은 채용자 월급의 3개월치를 수수료로 지불해야 하는데, 그 비용이 부담일 수 있겠다는 생각이 들었다. 일반 사원이라도 3개월치의 월급이면 1,000만원이 넘는다. 전문직, 관리직으로 올라가면 2,000만원 이상의 수수료가 발생하는데 한 사람을 채용하기 위한 비용으로는 과하다고 생각했다. 이를 절약할 수 있다면 기업 입장에서는 충분한 채용 메리트가 있다고 생각했고, 개인적으로는 능동적인 구직 활동을 하고자 하는 마음에서 에이전시를 이용하지 않기로 결정했었다.

그리고 가장 먼저 Linked in에 내 경력을 정리해 올렸다. Linked in은 최근 일본 기업이 채용 과정에서 많이 활용하는 툴이다. 실제로 구직 활동을 하지 않을 때도 내 경력을 보고 연락해 오는 경우가 있었기에 에이전시를 통하지 않고 이직 활동을 할 수 있는 가장 현실적인 방법이라 생각했던 것이다.

그러나 Linked in을 통해서 연락이 오는 곳은 이직 에이전시뿐이었다. 그도 그럴 것이 Linked in은 이직 시장을 주시하면서 이직 시기를 조율할 수 있는 입장이라면 굉장히 좋은 툴이지만 나는 이미 사직서를 제출한 상태였기 때문에 이직 기간을 길게 잡을 수가 없었던 것이 오류였다. 단기간에 빠른 이직을 결정해야 할 때는 이직 에이전시를 통하지 않고는 사실상 대안이 없다고 보는 것이 맞다. 나 역시 결과적으로는 에이전시를 통해서 이직을 하게 되었다. 나는 메이저 에이전시인 Recruit나 My navi, doda를 이용하지는 않았다. 외국 주재원으로 이직을 원했기 때문에 Revert half를 통해 진행했다. Revert half는 글로벌 네트워크를 가지고 있었고, 외국인 채용에 강점이 있다고 판단했기 때문이다. 이력서를 제출하고 일주일도 지나지 않아 세 곳의 회사에서 나의 경력에 관심을 보인다는 연락을 받았다.

첫 번째 회사는 일본의 회전 초밥 프랜차이즈 기업이었다. 이 회사는 해외 30여 개국에 직영점을 가지고 있었다. 코로나 이후 주요 거점에 주재원 파견을 할 목적으로 채용을 진행하고 있었다. 고객 데이터를 통한 시장 분석부터 재료 관련 SCM(공급자 관리)까지 다방면으로 일을 할 수 있었다.

두 번째 회사는 농기구를 수출하는 기업이었다. 이 회사는 유럽의 제조 공장에서 일할 현지 회계 재무 책임자를 찾고 있었다. 지금까지 해 왔던 업무와 가장 유사한 일을 할 수 있는 곳이었다.

세 번째 회사는 E-Commerce회사였다. 빠르게 성장하고 있는 외국계 기업이었다. 인도에 새롭게 세운 조인트 벤처(여러 기업이 공동으로 사업을 하기 위해 세우는 기업)의 관리자를 찾고 있었다.

나는 E-Commerce회사에 지원했다. 성장하고 있는 인도 시장에 대한 호기심, E-commerce 분야의 가능성, 무엇보다 외국계 기업이었기에 외국인 차별 조항 같은 내부 규정이 없을 것이라는 기대감이 컸기 때문이다.

서류 심사를 거쳐 온라인으로 SPI 시험을 치렀다. 이후에 면접을 진행했다. 면접은 평범했다. 1차 면접에서는 퇴사 이유, 새 직장으로 우리 회사를 선택한 이유 등 이직 동기에 관한 질문이 주가 되었다.

2차 면접은 실무자 면접이었기에 회계 전반에 대한 이야기가 주가 되었는데, 내가 있던 지역의 회계 기준이나 세무에 대한 질문을 많이 받았다. 업무를 위한 전문적 지식이 있는지 확인하기 위함이라고 생각된다. 아무래도 어떤 포지션을 맡겨야 할지 결정해야 하는 2차 면접이다 보니 업무와 관련된 질문이 주를 이뤘던 것 같다.

3차 면접은 부사장과의 1 대 1 면접이었다. 세계 경제 동향, 특히나 코로나 상황에서의 경제 흐름을 어떻게 보는지, 포스트 코로나에 대해서는 어떻게 예측하는지 등에 대한 시사적인 질문과 함께 한국의 군대 이야기, 일본으로 온 동기 등 개인적인 부분에 대한 질문도 많았다. 이후 회사의 미래 전략에 대한 부사장의 생각을 들을 수 있었다. 나는 인도 자회사로의 파견을 전제로 한 채용이었기에 해외 전략 등에 대한 비전을 공유하고 나의 생각을 묻기도 했다.

일본인이 아닌 외국인의 입장에서 면접의 가장 중요한 부분은 상대가 잘 이해할 수 있도록 자신의 생각을 전달하는 것이라고 생각한다. 아무래도 언어적인 한계가 있을 것이라는 편견을 가진 사람이 많기 때문에 이를 불식시키는 것만으로도 좋은 인상을 주게 된다. 일본인이라면 아무것도 아닌 일이겠지만, 외국인으로서 이것이 가능하게 되면 정말 큰 플러스 요인이 된다. 어쩌면 외국인으로서 면접에서 가장 큰 점수를 얻을 수 있는 부분일 것이다.

나는 3차 면접 당일 저녁에 합격 연락을 받았다. 이직 활동을 시작한 지 한달도 채 지나지 않은 시점에서 이직이 결정된 것이다. 에이전시 말에 따르면 보통 3개월에서 4개월 정도 시간이 필요하고 길면 반년이 넘도록 결정이 되지 않는 경우도 많다고 한다. 나처럼 1개월도 채 되지 않아 결정되는 경우는 매우 드문 케이스라고 했다. 아무래도 코로나 팬데믹 상황에서 해외 주재원을 희망한 나의 특수성이 반영된 결과가 아닐까 싶다. 쉽게 말해 운이 좋았다는 것이다.

합격 통보를 받고 입사 일정과 연봉 협상을 위해 인사부와 2번 더 미팅을 가졌다. 보통 이직하는 사람의 연봉은 전 회사와 같은 수준, 아니면 조금 낮게 책정되는 경우가 대부분이다. 이는 일본 기업이 가진 연공서열식의 급여 책정 방법 때문이다. 이전 회사에서 과장 3년차였던 사람이 다른 회사로 이직하여 과장으로 입사하게 되면 과장 1년차 급여가 주어지게 된다. 회사마다 과장 직급의 급여 수준은 차이가 있을 수 있지만, 눈에 띌 만큼 큰 차이를 보이기는 어렵다. 왜냐하면 일본에는 '춘투'가 존재하기 때문이다.

춘투는 춘절생활투쟁의 준말로, 1955년부터 시작된 일본의 노사교섭 문화다. 기업들의 회계연도가 시작되기 전인 2월에 각 기업의 노동조합 연합이 요구 사항을 전달하면 기업측이 한 달 후에 회답하는 형태로 이루어진다. 여기서는 임금 인상, 보너스 수준, 노동 시간 단축, 비정규직의 정규직 전환 등의 사항을 결정한다. 오랜 역사와 그 대표성으로 인해 대부분의 기업이 춘투에서 결정된 임금 인상안을 기준으로 삼는다. 다만 임금 인상안은 업종별로 결정되기 때문에 업종 내 임금 격차는 크지 않은 대신 업종별 임금 격차는 크게 나타난다. 그래서 직급이 올라가지 않는 한 동종업계 이직으로 급여를 올리기는 쉽지 않은 것이 일본의 현실이다. 다만 업종별 차이는 무시하기 어렵다. 나는 일본의 제조업 회사에서 외자기업인 이커머스 회사로 직종을 바꾸면서 어느 정도 급여를 올릴 수 있었다.

나는 이직을 권하지는 않는다. 일본처럼 노동 경직성이 높은 나라는 일반적으로 이직을 통해 얻을 수 있는 이점이 적기 때문이다. 여전히 퇴직까지 보장하는 기업이 많은 일본은 호봉이나 연봉의 개념이 근무 시간, 근속 연수로 결정되는 경우가 많기 때문에 회사에서 큰 문제를 일으키지 않았다면 급여 수준은 계속적으로 올라간다. 이직을 하게 되면 보통 3년간은 급여 인상 대상이 아닐 수 있기 때문에(회사마다 내부 방침이 다를 수 있지만 이직 후 3년간 급여가 인상되지 않는 것이 일반적이다) 이직할 때 급여를 충분히 올리지 못한다면 급여 수준은 오히려 이전 직장보다 낮아질 수 있다. 물론 관점에 따라 이직의 성공과 실패는 달라진다. 급여 외에 근무 환경과 복지 제도, 인사 시스템 등 다양한 이점이 있을 수 있고, 그 이점들에 중점을 맞춰 비록 급여가 크게 상승하지 않더라도 만족스러운 직장생활을 누리고 있다면 이는 성공한 케이스가 될 것이다.

나의 이직은 비교적 쉽게 이루어졌다. 코로나로 인해 해외 출장이 불가능해진 상황에서 기존의 주재원들이 일본으로 귀국하길 원하면서 해외 주재원에 대한 수요가 높아졌기 때문이다. 해외 주재원에 대한 수요와 공급의 불일치가 나에게는 행운으로 작용한 것이다. 이직은 일사천리로 진행되었고, 나는 연봉을 상향 조정할 수 있었다. 그럼에도 나는 나의 이직이 대단히 성공적이라고 생각하지 않는다. 업종과 조직의 변화에 대한 적응이 너무 힘들게 느껴지고 있기 때문이다. 회사 내에서의 업무 만족도나 인간관계에는 크게 문제가 없는 상황에서 회사 내부 규정으로 인해 회사를 옮기게 된 것이기에 이런 상황에서 이직을 통해 큰 만족을 얻기란 좀처럼 쉽지 않은 듯하다. 아무래도 인적 네트워크의 부재가 가장 큰 문제가 아닐까 싶다.

일본의 조직 구조는 폐쇄적이고 경직되어 있다. 그렇기에 나 같은 경우처럼 조직 생활에 큰 불만이 없다면 일본에서의 이직은 좋은 선택이 아닌 경우가 많다. 지금 이직을 고민하고 있다면 이직을 하려는 이유가 근무 환경인지, 업무상의 불만인지, 급여 수준인지 등을 정확하게 파악하고 이를 개선할 수 있는 대안들을 꼼꼼히 살펴 이직을 진행하길 바란다. 급하게 진행하는 이직은 후회가 남기 마련이다. 이직을 한다면 좀 더 오랜 시간을 두고 자신의 Career path를 생각하는 게 좋다. 그리고 적당한 이직처가 생긴다면 적극적으로 임해 보길 바란다. 가장 좋은 방법은 자신이 가고자 하는 기업을 선정하고 해당 기업에서 나에게 맞는 포지션의 경력직 공고가 뜨면 도전하는 형태로 진행하는 것이 좋다.

Ep 08

새 직장으로

필리핀에서의 생활을 마치고 4년 만에 일본으로 돌아와야 할 때였다. 일본에서 집을 다시 구해야 하는 상황이었는데, 나는 필리핀에 있었기에 집을 구할 수가 없는 상황이었다. 이직할 회사에서는 이런 나의 상황을 고려해 고맙게도 회사 근처의 집을 미리 구해 주었다. 계약금이나 수수료를 지원하는 복지 제도도 마련돼 있어 아주 만족스러웠다. 이직 전 회사에 비해 복지나 급여 수준이 높아 여러모로 이직을 잘했다는 생각이 들었다.

그러나 만족하기엔 일렀다. 복지 제도 외에도 모든 것이 이전 회사와는 많이 달랐던 것이다. 이직한 회사는 미국계 이커머스 회사였기에 내부 규정은 대부분 미국 모회사의 기준을 따랐다. 그래서 조직 구조는 피라미드 식이 아닌 팀 체제로 움직였고, 직급은 부장, 차장, 과장으로 나뉘는 게 아니라 일반 사원을 구분 짓는 사무직, 종합직, 기관직과 관리 사원을 구분 짓는 관리직, 전문직으로 크게 보면 2가지로 나뉘어 있었다. 연봉 책정 방식도 달랐다. 보통은 직급이 있으면 그에 따라 급여를 결정하고 호봉에 따라 인상분이 결정된다. 오르는 경우는 있지만 떨어지는 경우는 없기에 급여 인상폭은 크지 않다. 이직한 회사는 직급이 없는 대신, 개인의 역량과 성과에 따라 연봉을 책정했다. 성과가 나쁘면 떨어지기도 하고, 좋으면 말도 안 되게 오르기도 하는 것이다.

나는 관리 사원으로 구분되어 전문직으로 입사했다. 인도 주재원으로 파견될 예정이었기에 해외 사업부 전략팀에 소속됐고, 재무 회계를 파악해야 했기에 회계팀에서 일을 했다. 많은 양의 매뉴얼도 없었고, 굉장히 자율적인 분위기였다. 분명 환경이 더 좋아진 것 같지만 타이트한 룰에 짜여 움직이던 회사에서 개인적인 자율을 중시하는 회사로의 이직은 나에게 많은 어려움을 안겨주었다. 마치 군대에서 막 제대한 사람에게 사회 적응 기간이 필요하듯 나는 극명하게 차이나는 회사 문화에 적응하기 위해 많은 시간이 필요해 보였다. 그 과정은 결코 쉽지 않았다.

내가 이직을 하고 처음 한 일은 연수 프로그램을 짜는 것이었다. 내가 무엇에 관심이 있는지, 무엇을 배우고 싶은지에 대해서 스스로 고민하고 각 팀에 오퍼를 넣어 업무 내용을 배우는 방식이었다. 문제는, 내가 이커머스 분야는 처음이라 무엇이 필요한지조차 알지 못했다는 것이다. 도와줄 동기가 있는 것도 아니었고, 아는 사람 하나 없는 상황에서 누군가에게 부탁을 할 수도 없었다. 모든 것은 혼자 해결해야 했다. 나는 신입사원으로 돌아간 듯한 느낌을 받았다. 하지만 내가 받는 대우나 직급은 나를 신입사원으로 놔두지 않았다. 빠르게 캐치업을 해야 했다. 인적 네트워크가 없는 상황에서 시작해야 한다는 것이 나를 힘들고 외롭게 만들었다.

이런 상황에서 내가 한국인이라는 점이 긍정적으로 작용했다. 한국인이기에 관심을 보이는 사람이 많았던 것이다. 물론 노골적으로 적대감을 표현하는 사람도 있었지만, 대부분은 좋은 의도로 접근하여 회사의 다양한 정보를 공유해 주었다. 그러면 나는 이전 회사나 한국에 대한 이야기를 해주면서 친분을 쌓을 수 있었다. 그럼에도 불구하고 이직 후 1년이 지난 지금까지도 나는 여전히 시스템의 차이를 완벽히 극복해내지 못했다. 그도 그럴 것이 첫 회사를 10년간 다닌 탓에 이전 회사의 시스템이 나에게 강하게 각인된 상태이기 때문이다. 오랜 습관처럼 깊이 박힌 인식을 바꾸기란 말처럼 쉬운 일이 아니었다.

더욱이 나는 인도에서 Finance Controller로서 일하고 있다. 인도에 파견되면서는 인도의 시스템에도 적응해야만 했다. 내부 규정을 어느 정도 조율할 수 있는 입장이라고 하더라도 기존의 시스템을 완전히 바꾸는 것은 불가능한 일이었다. 게다가 일본에서 주재원으로 온 사람은 나 하나뿐이다. 솔직히 일은 지나치게 많고 힘들다. 혼자 감당하기 힘들 정도이다. 요즘은 주말에도 일을 할 정도로 일만 하고 있다. 하지만 무조건 나쁘게 받아들일 필요는 없다는 생각이 들었다. 시간이 걸리더라도 조금씩 배워 나간다면 분명 좋은 성과가 있을 거라 믿었다.

물론 성과도 있었다. 인도의 거대 IT 기업으로부터 투자도 유치했고, 일본 기업들과 콜라보도 성사시켰다. 회사를 설립하고 1년이 조금 지난 지금, 매출은 매달 10%씩 상승하고 있어 그에 따라 매달 인원을 충원해야 했다. 시작했을 때는 50명이 채 되지 않았는데 지금은 200명의 사원과 함께하고 있다. 인도는 너무나 다이내믹한 곳이다. 나는 인도에서 매일 새로운 경험을 하고 있다. 매일매일이 새롭다.

삶은 trade off라고 생각한다. 잃는 것이 있으면 얻는 것도 있다. 나는 열심히 일한 회사를 그만두고 이직한 회사에서 새로운 기회를 얻었다. 이것이 나에게 어떠한 결과로 돌아올지 지금으로서는 알 수 없다. 지금은 처음 일본으로 갔을 때, 일본에서 첫 면접을 보았을 때의 감정이 가끔 떠오를 만큼 설렘과 두려움이 공존하고 있다. 하지만 처음 일본에서는 후자의 감정이 더 강했다면 지금은 전자의 감정이 더 크다. 이렇게 나는 인도에서 배우고 공부하며 내 인생의 2막을 준비하는 중이라고 생각한다.

Ep 09 ||

일본에서의 직장생활을 꿈꾸는 이들에게

나는 학생으로 지냈던 시간을 포함해서 일본에서만 약 13년을 보냈다. 결코 짧은 시간이 아님에도 불구하고 문득 '벌써?'라는 생각이 들 만큼 시간이 빠르게 지나간 것 같다. 일본에서의 삶은 배움의 연속이었다. 일어를 유창하게 쓰기 위해 노력했고, 일본의 문화를 이해하기 위해 공부했다. 직장에 들어가서는 그들의 조직 문화를 배워야 했고, 그들의 매뉴얼에 나를 맞춰 가야 했다. 그래서 일본에 온 이후로 나는 항상 배우고 공부했다. 일본이라는 타국에서의 삶이 나로 하여금 삶의 농도를 짙게 만드는 계기가 되었다.

일본이 아니더라도 타국에서의 생활은 한 번은 해 볼 만한 것이라고 생각한다. 스스로를 성장시키며 배우는 계기가 되기 때문이다. 지금 나는 인도에 있다. 새로움에서 오는 자극은 항상 즐겁다. 나는 인도라는 새로운 환경 안에서 또 다시 배우고, 부단히 움직이고 있다. 물론 이 배움의 과정은 굉장히 힘들다. 많은 노력이 필요하다. 그러나 환경을 바꿔 가다 보면 스스로를 돌아보게 되고, 내가 무엇을 잘하고 무엇을 못하는지 이해할 수 있게 된다. 사람은 환경에 따라 변화하기 때문이다.

만약 일본에서 직장생활을 꿈꾸는 사람이 있다면 꼭 도전해 보길 바란다. 내가 추천하는 방법은 일본의 대학 또는 대학원에서 배움의 과정을 겪어 보는 것이다. 졸업장은 반드시 필요하다고 생각한다. 일본은 학력 사회이다. 취업할 때 토익 점수를 요구하지 않는다. 인턴 경력도 필요 없다. 그렇기에 자신이 나온 대학이나 대학원의 이름은 그 사람을 평가하는 중요한 기준이 된다. 외국인의 경우 동경대나 교토대는 그렇게 어렵지 않게 들어갈 수 있다. 외국인 유학생을 위한 별도의 입학 기준을 두는 경우가 많기 때문이다.

내 친구 중 한 녀석은 일본어를 전혀 하지 못하는 상태로 일본에 왔고, 1년간 아르바이트를 하며 일본어 공부를 했다. 이듬해에 교토대학교 석사로 당당히 입학하여 박사 과정까지 마친 그는 현재 일본에서 교수로 재직 중이다. 많은 노력이 필요한 과정이지만 결코 불가능한 것은 아니다. 일본어 능력 시험 1급 정도의 실력과 토익 800점 정도의 영어 실력이면 동경대를 포함해 유명한 일본 대학은 쉽게 들어갈 수 있다. 이 졸업장이 이후 일본에서 직장을 구하는 무기가 되어 줄 것이다.

일본에서 직장을 구하고자 하는 사람의 가장 큰 관심사는 연봉일 것이다. 2020년 일본의 국세청이 발표한 일본의 정규직 평균 연봉은 496만엔(한국 돈으로 약 5천만 원 정도)라고 한다. 일본에서 평균 연봉이 가장 높은 회사는 키엔스(Keyence)로 평균 연봉이 1억 8천 정도이다. 평균 연봉이 1억이 넘는 회사는 일본 전체에서 70곳 정도 있으며, 7천이 넘는 회사는 약 600곳 정도 있다. 일본에서 법인으로 등록된 사업체가 188만 곳이라고 하니, 7천이 넘는 기업이 600곳이라고 해도 전체의 0.03 %에 지나지 않는 수치이다. 한국과 비교하면 확실히 기업의 수가 더 많기 때문에 그만큼 기회도 더 있다고 보는 게 맞겠다.

내가 다녔던 회사는 시가 총액으로 일본에서 30위권 안에 드는 제조업 기업이었다. 그 회사를 기준으로 이야기하자면, 첫 월급은 240만 원 정도였으며 보너스를 포함해 연봉으로 환산하면 3천 4백만 원 정도였다. 이후 대리로 승진하면서 5천만 원, 과장이 되면서 6천 5백 정도를 받았다. 이직하지 않고 그 회사에서 차장까지 진급했다면 7천 5백만 원의 연봉을 받을 수 있었을 것이다. 부장이 되면 9천만 원 정도의 연봉을 받을 수 있다. 간혹 1억 원을 넘길 수 있다고 하는데, 사실상 거의 불가능에 가까운 일이다.

제조업의 경우 전체적으로 연봉이 낮은 편이다. 금융계나 상사 계열의 경우는 차장급이 연봉 1억 원을 넘기는 경우를 심심치 않게 볼 수 있으며, 마이크로소프트나 구글 같은 외국계 IT 기업의 경우 30대 초중반의 엔지니어가 1억 원 이상의 연봉을 받는 경우도 많다. 내가 추천하는 업종은 상사 계열이나 외국계 IT기업이다. 개인적인 의견이지만 금융계는 외국인 채용을 많이 선호하지 않는 것으로 보인다. 하지만 외국계 컨설턴트 회사의 경우는 기회가 많다고 생각한다. 업무 강도는 높지만 연봉이 굉장히 높은 편으로 지인 중에 일본 보스톤 컨설턴트에 다니는 친구가 있었는데 7년차에 받았던 연봉이 2억 원이 넘었다. 미국 CPA나 일본에서는 크게 알려지지 않은 CFA를 취득하고 있다면 충분히 도전할 만하다고 생각한다. 물론 일본어를 잘해야 한다. 컨설턴트 회사는 영업이 생명이기에 언어 문제가 가장 큰 걸림돌이 될 수 있다.

일본에서의 대학 생활은 많이 외롭다. 일본어를 하지 못하면 일본인 친구를 사귀기가 쉽지 않기 때문이다. 내가 추천하는 친구 사귀는 방법은 '일본으로 온 외국인 유학생과 친해지는 것'이다. 유학생으로서의 외로움을 비슷하게 느끼기 때문에 쉽게 친해질 수 있다. 처음 일본에 왔을 때 가장 힘들었던 것은 일본인 친구와 나눌 이야깃거리가 없다는 것이었다. 하지만 유학생은 달랐다. 동변상련의 유학생들이 겪는 어려움, 거기서 만들어진 에피소드는 좋은 이야기 소재가 된다. 일본인들은 공감하기 어려운 이야기를 유학생들은 격렬하게 이해한다. 유학생들 입장에서는 가장 어렵고 힘든 시기가 유학 온 직후이다. 이때 알고 지냈던 친구 중 몇 명과는 여전히 연락하고 지내며 친구의 나라에 초대를 받아 놀러 간 적도 있었다.

내 일본 생활에서의 첫 번째 재산이 바로 이 유학생 친구들이다. 일본에서의 직장생활은 굉장히 개인주의적이다. 한국처럼 회식이 많은 것도 아니다. 회사 내 행사는 일 년에 한두 번 있을까 말까 할 정도다. 이 또한 굳이 참가하지 않는다 하더라도 문제가 되지 않는다. 근무 시간 외에 내 시간을 회사 때문에 소모하는 경우는 극히 드물다. 그렇기에 직장 동기는 정말 중요하다. 동기라는 이유로 하나의 연결 고리가 생긴 것이기에 동기들간의 이벤트가 많고 초대도 많이 온다. 내가 이직을 추천하지 않는 이유 중 하나가 바로 여기에 있다. 이직을 하게 되면 동기가 없다. '정말 혼자구나'라는 생각이 들며 고독감이 엄습한다. 일본에서 직장생활을 하는 사람이라면 동기의 중요성을 꼭 인식했으면 한다. 평생 가는 인연이 아닐까 싶다. 그만큼 일본에서는 동기를 남다르게 생각한다.

돌아보면 일본에서의 삶은 나에게 '자극' 그 자체였다. 한국이 아닌 다른 나라에서 살아 보고 싶다면 일본은 좋은 선택지가 될 것이다. 그리고 그 선택은 어리면 어릴수록 일본에서는 유리하다. 비록 나의 경험이 일반적이거나 보편적인 예가 될 수는 없겠지만 누구나 도전해 볼 수 있는 길이라고 생각한다. 지금 이 글을 읽고 관심이 생겼다면 도전해 보아라. 바로 지금이다.

김형경

일본에서 〔 친구 〕를 만들다

Ep 01

일본을 싫어하던 꼬마

90년대생이라면 다들 기억할 것이다. 학창 시절에 일제 학용품이 그야말로 인기만점이었던 것을 말이다. 국산 학용품에 비해 훨씬 비싼 가격임에도 불구하고, 그 인기는 식을 줄을 몰랐다. 한 번만 써 보면 당시의 국산 학용품과 확실히 비교가 됐기 때문에 비싸도 살 수밖에 없었던 것이다. 어린 나이지만 분명 미세한 디테일의 차이가 있다고 느꼈다. 학년이 올라갈수록, 용돈이 넉넉해질수록 친구들의 필통은 '하이테크펜'이나 '펜텔 샤프&지우개'로 채워져 갔다. 주위의 모든 학생들이 일제 학용품을 하나씩은 가지고 있다고 해도 과언이 아닐 정도였다. 특히, 하이테크펜은 색상이 다양해서 필통 가득 하이테크펜만모으는 친구들도 있었다. 다만, 한 번 떨어뜨리면 펜촉이 망가져 다시 새것을 사야 할 정도로 내구성이 좋지 않았음에도 불구하고 그게 없으면 필기를 못할 것만 같아 애지중지 하며 쓰던 시절이었다.

그런 시절에도 나는 구태여 국산 제품인 '제도 샤프'와 '점보 지우개'를 고집했다. 일제 학용품을 아예 사지 않았던 건 아니지만, 대체 가능한 수준의 품질이라면 가능한 한 국산 학용품을 사려고 노력했다. 왜냐하면 역사를 공부하면서 과거 일본이 우리나라에 저지른 일들을 알게 되었기 때문이다. 내가 배운 일본은 적어도 우리나라 사람들에겐 참 나쁜 나라였다. 애국심도, 국제 사회의 역학도 모르던 어린 마음에도 우리나라를 괴롭히고 못살게 군 나라의 물건을 나는 사주고 싶지 않았다.

게다가 고향인 대구에서 초·중·고등학교를 다닌 나는 외국인을 만날 기회가 거의 없었다. 최근(코로나 발생 이전)에야 관광이나 유학, 취업, 결혼 등을 이유로 우리나라에 방문하는 외국인이 제법 많아졌지만, 내가 어렸을 땐 그 수가 현저히 적었다. 당연히 수도권이 아닌 지방 도시에서는 외국인을 보기가 더욱 어려웠다. 기껏해야 영어어학원에서 외국인 선생님을 만나는 정도였다. 외국인과 직접적으로 이야기 나누고 친해질 기회가 없다 보니 자연스럽게 외국과 외국인에 대한 선입견을 갖게 됐던 것 같다. 특히나 일본과 일본 사람에 대한 이미지는 교과서 내용에서 확장될 뿐이었다. 이미지가 좋을 수 없었다. 당시만 해도 내가 일본 사람과 친해질 수 있을 거라고는 전혀 생각하지 못했다. 아니, 생각하고 싶지도 않았다. 그렇게 나는 다른 건 몰라도 일본한테만큼은 무슨 일이 있어도 반드시 이겨야만 직성이 풀리는 보통의 한국 사람이 되어 있었다.

그런 내 인식이 조금 달라지게 된 일이 있었다. 중학교 2학년 여름방학 때의 일이다. 나는 3박4일간 일본 시모노세키라는 곳에 가서 다양한 체험과 관광을 하는 과학캠프에 참가하게 됐다. 과학캠프라는 이름은 거창했지만, 실상은 합법적으로 친구들과 외박을 하는 것이 나의 목적이었다. 그래서일까. 일정이 꽉 차 있었던 것 같은데, 배에서도, 관광버스에서도 일본을 돌아다니는 내내 친구들과 떠들고 카드 게임을 하며 즐거워한 것만 생각난다.

그런데 20년이 지난 지금까지도 또렷이 남아 있는 기억이 하나 있다. 명색이 과학캠프였기에 현지의 지진 체험관에도 방문해 난생 처음 지진을 체험하고 다시 전세버스를 타고 돌아갈 준비를 하던 참이었다. 마침 길거리에 쓰레기 하나가 바람을 타고 날아가고 있다. 바로 그때, 지진 체험관의 안내원 한 분이 달려가 쓰레기를 줍는 것이었다. 겨우 중학생이었지만 너무나도 낯선 장면이었다. 한국에서는 일부러 쓰레기를 버리진 않아도 어쩌다 놓치거나 떨어뜨리면 모른 척하고 지나가는 경우가 있었다. 그런 모습과는 달리, 누가 버렸는지도 모르는 쓰레기를 그것도 바로 발 밑도 아닌 바람을 타고 날아가는 쓰레기를 줍기 위해 달려가는 모습이라니. 왠지 모르겠지만 그 장면이 나에게는 굉장히 신선한 충격이었다.

지금 돌이켜보면, 당시 캠프로 갔던 지역은 외국인 관광객이 주로 가는 지역은 아니었다. 도쿄나 오사카처럼 여러 상점이 모인 번화가나 높은 건물이 있는 지역도 아니었다. 평범한 중소도시지만 처음 항구에 도착해서부터 한국으로 돌아갈 때까지 길거리가 참 깨끗했다. 인정하고 싶지 않았지만, 어린 내가 처음으로 일본에게 배울 점이 있다고 느낀 순간이었다. 현재는 우리나라 시민의식도 정말 많이 개선됐지만, 여전히 거리에서 담배꽁초나 씹다 버린 껌, 여러 전단지와 쓰레기들을 심심찮게 볼 수 있다. 그래서 당시의 장면이 더욱 기억에 선명하게 남아 있는지도 모르겠다.

이것이 일본과의 첫 대면이었다. 그렇게 짧은 여행을 마치고 귀국 후에는 언제 그랬냐는 듯 다시 일제 학용품을 절제하고, 일본은 나쁜 나라라고 생각하는 이전의 나로 돌아왔다. 마음 한 켠엔 깨끗했던 일본 거리를 남겨둔 채. 물론, 그 이후로도 대학교 4학년 졸업반이 될 때까지 내가 일본에서 일을 하고 이렇게 일본 생활에 대한 책을 쓰고 있을 거라고는 조금도 생각하지 못했다.

Ep 02

나를 일본으로 이끈 것은 '그녀'였다.

'오빠, 우리 헤어지자.'

2017년 어느 가을, 그녀의 한마디와 함께 약 2년간의 연애가 끝이 났다. 시작은 조심스러웠고, 그 끝은 허무할 만큼 한순간이었다. 많이 좋아했던 탓에 단 한 번도 끝을 생각해 보지 못해 더욱 쓰디쓴 이별이었다. 20대 중반, 처음 겪는 이별도 아니었지만 마치 처음 이별하듯 마음이 참 많이 아팠다. 그렇게 나는 그해 겨울을 누구보다 빨리 맞이했다.

일본과의 인연을 이야기할 때 그녀를 빼놓을 수 없다. 그녀는 3년 전 내가 다니던 대학에 교환 학생으로 온 일본인 유학생이었다. 교환 학생 교류 프로그램에서 우연히 알게 된 그녀는 한눈에 반할 만큼, 아니 처음엔 가까이 다가설 엄두가 안 날

만큼 참으로 빛나는 사람이었다. 우리는 서로의 존재를 알게 되고 6개월 정도가 지난 후에야 조금씩 가까워졌고, 한국어가 유창한 그녀 덕분에 친해질 수 있었다. 그럴수록 그녀를 향한 내 마음은 점점 커져만 갔고, 결국 진심 어린 고백 끝에 그녀와 연애를 시작할 수 있었다. 일본어는 감사 인사나 간단한 단어밖에 몰랐던 내가 일본인과 만날 것이라고는 생각해 본 적이 없었지만, 어찌 됐든 나는 그녀와 행복한 나날을 보냈다.

그러나 인생의 봄날을 맞이한 지 1년 만에 각자의 자리로 돌아갈 시간이 찾아왔다. 결국 그녀와 나는 서울-도쿄 간 장거리 연애를 해야만 했다. 군화, 고무신, 해외 유학 등의 이유로 장거리 연애를 해 본 사람이라면 알 것이다. 정말 힘든 일이다. 그나마 군대나 유학은 장거리 연애가 언젠가 끝날 것이라는 희망이라도 있지만, 나의 장거리 연애에는 기약이 없었다. 애초에 삶의 터전이 다른 두 사람이 만났기에 이 연애가 이어지기 위해서는 두 사람 중 누군가는 삶의 터전을 옮겨야만 했다.

한국어를 유창하게 구사할 수 있고, 한국 문화를 제법 잘 알게 된 그녀는 한국에서 취업할 생각도 했었다. 그러나 단군 이래 가장 치열하다는 우리나라의 취업 시장(당시는 2016년 무렵)에서 일본인이 취업에 성공하기란 현실적으로 쉬운 일이 아니었다. 결국 그녀는 도쿄로 돌아가 취업 활동을 시작했다. 똑똑하고 능력도 있었기에 이내 일본 유명 회사에 내정을 받았다. 대학교 4학년이었던 나보다 먼저 취업에 성공해버린 것이었다.

이번엔 내 차례였다. 당시 나는 대학교 4학년으로, 졸업까지 한 학기만을 남겨둔 상태였다. 선택해야 했다. 국내 취업을 할 것인지, 아니면 4학년 2학기부터 일본어 공부를 시작하며 일본 취업을 준비할지를. 사실 내 일본어 실력은 신생아 수준이었기 때문에 일본 취업은 당장 가능한 일이 아니었다. 그럼에도 불구하고 나는 큰 고민도 없이 일본 취업을 결심했다. 다른 사람들이 볼 땐 '네가? 왜?'라고 반문할 만큼 갑작스러운 일이었다.

그러나 연애의 달콤함에 취해 있던 난 가장 기본인 일본어 공부조차 제대로 하지 않았다. 언젠가 취업할 거란 말뿐, 일본 취업을 위한 구체적인 계획조차 세우지 않고 있었다. 물론, 열심히 살지 않은 건 아니다. 결심이 선 뒤로는, 우선 마지막 학기의 평균 학점을 올리기 위해 새벽같이 일어나 교내 도서관에서 공부하고, 직접 스터디를 만들고, 또 틈틈이 운동하며 체력도 관리했다. 하지만 대부분의 활동이 일본 취업과 직접적인 관련은 없었다. 그런 나를 보면서 그녀는 함께할 미래를 그리지 못했을 것이다. 당연했다. 그렇게 제자리걸음 수준이던 내 일본어 실력으로 인해 그녀는 나에게 이별 통보를 하고 말았다.

헤어진 이유를 이해하지 못한 건 아니었다. 실체 없이 '일본 취업'이라는 그럴싸한 말만 외치던 나를 보면서 그녀의 믿음이 흔들렸을 것이다. 취업 준비를 하기엔 이미 늦은 시기였음에도 불구하고 나는 아무런 위기감이 없었다. 더군다나 일본 취업은 더 많은 준비가 필요함에도 안일했다. 당연히 준비 과정도 느슨했고, 이상과 현실의 간극은 좀처럼 좁혀지지 않았다. 그렇기에 그녀의 이별 통보에도 그 흔한 변명조차 하지 못했다. 헤어지는 이유가 납득됐기에 그녀를 붙잡아 둘 수는 없었다. 그땐 미처 알지 못했다. 약 6개월 후, 내가 일본 회사의 면접을 보고 있을지.

Ep 03

현지 언어는 선택이 아닌 필수

이 글을 읽고 계신다면 아마도 취업 혹은 그 외의 이유로 일본에 살기를 희망하는 분들일 확률이 높다. 그렇다면 이미 많은 준비를 하고 계시지 않을까 싶다. 나는 일본 취업을 결심하고 합격이 결정되고 일본에 오기까지도 해외 취업에 대한 책 한 권 사보지 않았으니 책을 구매했다는 사실만으로도 대부분 나보다 더 나은 분들일 거라고 생각한다. 나는 대학교 4학년 마지막 학기를 앞두고 일본 취업을 결심한 데다 일본어는 거의 처음부터 시작한다고 해도 과언이 아니었기 때문이다. 일관성 없는 인생이란 이렇게 쉽지 않게 흘러가는 법이다. 나는 늦은 만큼 매순간 영혼까지 끌어 모아 벼락치기를 하지 않으면 원하는 결과를 얻을 수가 없는 상황이었다.

우선 일본어가 최우선 과제였다. 하지만 학점도 높은 편이 아니었기 때문에 마지막 학기라고 해서 학교를 편하게 다닐 수도 없는 상황이었다. 결국 학과 공부와 일본어 공부를 병행하기는 쉽지 않다고 판단해 학과 공부에 집중하기로 했다. 그렇게 마지막 한 학기를 마치자 나는 최소 이수 학점과 졸업 요건을 간신히 채우고 겨우 졸업이 가능한 상태가 되었고, 그대로 휴학을 선택했다. 휴학 후 본격적으로 일본어 공부를 시작했다. 일본어 학원의 월수금반과 화목금반에 모두 등록했다. 일본 취업이라는 목표와 현재 일본어 실력 간에 괴리가 너무 심했기 때문이다. 동시에 모든 생활비를 스스로 해결해야 했고, 지치지 않기 위해 체력 관리도 포기할 수 없었다. 취업 준비가 단거리 달리기가 아니라고 생각했기 때문이다. 휴학생인 동시에 취업 준비생이었던 나의 당시 하루 일과는 다음과 같았다.

·05:50~06:50 아침 수영(집 근처 구립 체육관)

·08:30~16:30 대학원 사무보조(계약사원)

·12:00~13:00 점심시간 이용 헬스(대학원 내 헬스장)

·16:30~17:30 저녁식사 및 휴식

·17:30~18:00 이동

·18:00~18:30 자습

·18:30~20:00 일본어 수업

·20:00~22:00 자습

·22:00~22:40 귀가

놀기 좋아하고 사람들 만나는 걸 좋아해 거의 매일 같이 약속이 있었지만, 발등에 불이 떨어졌다는 생각에 친구들과의 모임과 술자리를 최소화했다. 그만큼 마음이 급했기에 스스로 혼자가 되는 길을 택하고, 가능한 한 혼자 있는 시간을 확보하려 한 것이다. 위의 일과는 평일 일정이었지만, 주말에도 친구들을 만나는 대신 도서관이나 학원에 가서 최대한 공부할 수 있는 환경을 만들려고 노력했다.

당시 나는 생활비를 벌기 위해 대학원 계약 사원으로 근무했는데, 배려해주신 덕분에 운 좋게도 일이 없거나 빨리 끝나면 사무실 내 개인 책상에서 자유롭게 공부할 수 있었다. 퇴근 시간은 비교적 빠른 16시 30분이었기 때문에 학원에 가기 전 간단하게나마 저녁식사를 할 만한 시간이 있었다. 그러나 돈도, 시간도 여유가 없었기에 금방 나오는 메뉴를 고르거나 떡, 빵과 같이 이동하면서 먹을 수 있는 메뉴로 대충 때우는 것이 일상이었다. 그럼에도 불구하고 그땐 매일 수업 진도에 맞춰 단어 암기와 숙제, 자습을 하기 바빴기에 불편함을 전혀 느끼지 못했다.

학원으로 가는 버스에서도 나는 단어 하나라도 더 외우기 위해 노력했다. 좋지 않은 머리로 단기간에 좋은 성과를 내려면 무조건 많이, 오래 할 수밖에 없다고 생각했기 때문이다. 하지만 새벽부터 저녁까지 쉬는 시간도 없이 운동과 공부를 병행한 탓이었을까. 학원으로 향하는 30분 남짓의 시간동안 나는 늘 단어장 외우기로 시작해 쪽잠으로 마무리하곤 했다. 거의 매일 반복되는 패턴이었다. 그렇게라도 잠시나마 충전이 필요했던 것 같다. 신기한 건, 내려야 할 정거장 혹은 한 정거장 앞에서 버스 뒷문이 열리면 정신이 들었다. 그만큼 긴장하고 지냈기 때문인 것 같다.

일본어 수업은 1시간 30분간 진행됐고, 매번 꽤 많은 양의 단어 시험과 숙제가 주어졌다. 하나의 과정만 수강하는 다른 수강생의 경우에는 단어 암기와 숙제를 할 시간이 이틀 정도 있었지만, 나의 경우 월수금, 화목금에 N2, N3 수업을 동시에 듣다 보니 일을 병행하면서도 단 하루만에 모든 과제를 끝내야만 했다. 좋지 않은 머리로 많은 양의 단어와 문법을 공부하느라 꽤나 애를 먹었다. 그래도 애를 쓴 덕분에 약 3달 만에 JLPT(일본어능력시험) 2급 시험에 무사히 합격할 수 있었다. 짧은 기간에 일본어가 참 많이 늘었다. JLPT는 1급부터 6급까지

나뉘어져 있고, 1급이 난이도가 가장 높은 단계이다. 내가 2급에 도전했던 이유는 2급 자격증이 있으면 일본 기업에 서류 지원이 가능했기 때문이었다.

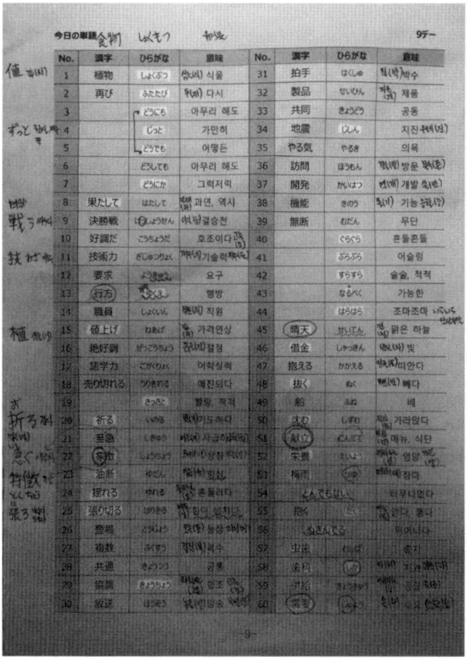

저자의 실제 일본어 단어장

그런데 진짜 문제가 있었다. 시험 합격을 위해 공부했던 나는 실전에서 일본어를 말할 수 없었던 것이다. 토익 학원에 다녀 토익 고득점을 달성했지만, 영어 회화는 엉망인 것과 비슷한 원리다. 물론, 자격증이 있으니 취업 활동은 시작할 수 있었지만 결국 실제로 일본에 가서 생활할 땐 상대의 말을 알아듣고 말을 할 수 있어야 하는 게 아닌가. 결국 자격증 취득 후에는 시험 위주의 공부에서 회화와 작문 위주의 공부로 방향을 틀었다. 또 면접 연습과 실제 면접을 보면서 느리지만 조금씩 말을 할 수 있게 됐다. 하지만 내가 생각해도 당시 같이 면접을 본 지원자나 입사 동기와 비교하면 입사할 때까지도 정말 정말 정말 일본어를 못했던 것 같다.

짧은 시간동안 어찌어찌 일본어 자격증을 따고, 자신의 생각을 일본어로 말하는 것이 조금씩 익숙해졌다. 하지만 넘어야 할 산이 또 하나 있었다. 바로 '왜 일본인가'하는 질문에 대한 답이었다. 불확실성의 시대에 국내 취업이라는 안정적이고 쉬운 길을 두고 왜 하필 해외 취업을, 그것도 일본을 선택한 이유를 찾고 싶었다. 만약 일본에서 살고자 하는 분이 있다면 반드시 스스로 납득할 만한 이유를 찾길 바란다. 그것이 일본에 사는 동안 어려움이 찾아올 때마다 견딜 수 있는 원동력이 되기 때문이다. 만약 질문에 대한 답을 찾지 못했다면, 그래도 괜찮다. 사실 나도 일본에 온 후에야 이 질문에 대한 답이 확실해졌기 때문이다.

Ep 04

평범함을 특별함으로 바꿔 준 나라, 일본

많은 분들이 알다시피, 일본이 처한 상황은 그리 만만치 않다. 과거 화려했던 시절과 비교하면 어느 것 하나 좋은 상황이 아니다. 장기 불황은 여전히 이어지고 있고 디플레이션에 고령화로 인한 의료비, 연금에 대한 부담, 딱히 배우려 하지 않고 욕심도 의욕도 없는 유토리·사토리 세대의 등장, 연일 터져 나오는 정치인과 측근의 비리, 뿌리 깊은 차별과 왕따 문화, 거기에 일반 시민들의 무관심, 그리고 국제 표준과 거리가 동떨어진 잘라파고스 현상까지. 이제 일본 기업이나 일본 제품에 대한 인기는 예전만 못하고 일본은 선진국이란 타이틀과는 달리 아직도 업무에 인감도장과 팩스를 필수적으로 활용할 만큼 IT 기기를 포함한 각종 첨단 기술이 다른 나라에 비해 뒤처지고 있는 것이 사실이다.

일본이 기피 대상이 된 또 하나의 이유는 지진과 방사능이 아닐까. 살면서 작은 지진을 한 번 경험할까 말까 한 한국에서는 지진이란 참으로 생소하고 먼 자연재해처럼 느껴졌었다. 하지만 지리적 특성상 일본은 언제 지진이 일어나도 이상하지 않은 나라다. 한 해에도 크고 작은 지진이 수도 없이 일어난다. 특히 2011년 동일본 대지진으로 인해 후쿠시마 원전이 폭발하면서 전에는 없던 방사능이라는 치명적인 문제까지 안고 있다. 10년이 지난 지금까지도 일본 정부는 안전하다고 주장하지만, 상황이 나아지고 있다고는 생각하지 않는다. 후쿠시마 원전 사고의 후유증은 여전히 현재 진행형이다.

방사능은 눈에 보이지 않으며, 지진은 최첨단의 기술로도 기껏해야 지진 발생 3초 전에 알 수 있다고 한다. 보이지 않고, 빨리 대처할 수 없다는 사실은 우리를 더욱 불안하게 만든다. 한국인으로서 일본에 살다 보면 언어와 문화의 장벽을 걱정하는 것만으로도 벅찬데, 일본에서 생활하기로 선택한 이상 이와 같은 자연재해와 방사능에 대한 걱정을 하지 않을 수가 없다. 지금 이 글을 쓰고 있는 순간에도 안전하다고 말할 수는 없다. 다만, 북한이 미사일을 발사하고 군사 행동을 해도 우리가 평범한 일상을 유지하는 것처럼 일본도 마찬가지다. 크고 작은 지진은 일상이고 후쿠시마 원전 사태 이후 방사능 문제에 대해서도 참으로 이상하리만치 평온하다. 그래서 정말 괜찮은 것인지 마음속에 물음표가 생기는 것이 사실이다.

그렇다면 역사적인 이유로 일본을 미워하던 꼬마는 청년이 되어서 왜 이렇게 불안 요소가 많은 일본에서 살아가고 있을까? 아무래도 일본에 살기 좋은 이유가 있는 것이 분명하다. 일본에서 일하고 생활하면서 느낀 '일본에 살기 좋은 이유'를 세 가지 정도로 꼽아 봤다.

첫 번째 이유는 우리에겐 당연한 것이 일본 취업에서는 강점으로 작용한다는 것이다. 우리는 알게 모르게 나름 치열하게 살아왔다. 아니, 치열하게 살아남았다. 취업난과 초경쟁사회에서 어떻게든 버티고 살아남기 위해 갖은 노력을 기울여 온 우리가 아닌가. 국내에 있을 때는 그 치열함이 당연하게 느껴지지만, 외국에 나가 보면 우리가 얼마나 다양한 일을 해낼 수 있는 사람들인지 깨닫게 된다.

예를 들면 국내 배낭여행, 해외 유학, 교환 학생, 군대, 인턴, 봉사 활동을 한 경험들이 그렇다. 우리에게는 너무나 뻔한 레퍼토리지만, 외국에서는 이 뻔한 스토리에 관심을 보이고 대단하게 여기는 경우가 많다. 실제로 일본 회사의 면접을 볼 때 일명 군대썰(?)을 푸는 지원자가 더러 있다. 일본 사람들도 훈련 내용이나 군대의 체계에 대해선 잘 몰라도 '힘들고 고생하는 곳'이라는 것쯤은 알고 있다. 따라서 나에겐 너무나도 당연한 군 복무 경험이 면접관에게 강인함과 인내심을 어필하는 포인트가 될 수 있다. 만약 한국이라면 단순히 입대를 했다는 사실보다 더 대단한(?) 경험을 해야 겨우 한마디 할 수 있는 것과는 대조적이다.

또한, 한국 사람들은 보통 컴퓨터 자판은 안 보고도 칠 수 있는 데다 파워포인트, 워드, 엑셀 등 기본적인 오피스 툴은 어느 정도 다룰 줄 아는 경우가 많다. 일본은 그렇지 않다. 과장을 조금 보태 얘기하자면, '복붙(Ctrl+C/Ctrl+V)' 단축키를 쓰기만 해도 '스고이~(대단하다)'라는 칭찬을 들을 수 있을 정도다. 물론 대기업이나 IT 기업에는 컴퓨터나 오피스 툴을 잘 활용하는 사람들이 많지만, 평균적으로 볼 때 그 수준이 높지 않다는 것이다. 이렇게 우리에게 익숙한 것들이 낯선 환경에서 새로운 즐거움으로 작용한다는 점이 첫 번째 장점이다.

두 번째는 나를 콘텐츠화하기 쉽다는 것이다. 지금은 콘텐츠의 시대다. 유행하는 플랫폼이나 형태는 시대에 따라서 조금씩 달라지지만, 결국 일상, 경험, 지식 등을 다양한 형태로 상품화하고 그것을 다른 사람들이 소비할 수 있게 한다는 원리만큼은 변함이 없다. 과거에는 우수한 성적으로 면접에 통과하기만 하면 평생직장에서 안정적으로 월급을 받을 수 있었다면, 지금은 상황이 다르다. 평생직장의 개념은 많이 옅어졌고, 남들과 는 다른 자신만의 것이 없다면 미래를 장담할 수 없다. 한때 특별한 경험이나 이력을 쌓고자 독특한 경험을 하며 소위 '스펙 쌓기' 열풍이 분 적이 있었던 것처럼 결국 자신의 경험과 실력을 기반으로 한 자신의 콘텐츠가 얼마나 희귀하며 풍부한가에 따라 자신의 가치가 결정되는 시대가 찾아온 것이다. 사회에서도 대학의 간판이나 직장의 이름 또는 나이나 직급에 따라 모든 것이 결정되는 시기는 이미 지났거나 혹은 빠르게 지나가고 있다. 이젠 개인의 실력과 경험에 따라 직위나 급여가 결정된다. 그러니 일본에 산다는 것만으로도 한국에서 생활하는 것보다 특별함을 더할 수 있다는 것이다.

일본에서 취업하지 않았다면 특별할 것 하나 없는 나에게 이렇게 책을 쓸 수 있는 기회가 생기지 않았을지도 모른다. 만약 내가 한국에서 일하는 한국인이었다면 책을 쓰기까지 더 많은 경험이나 지식을 쌓아야 하고, 더 많은 시간을 필요로 했을 것이다. 일본에 왔고 일본에서 일하고 있기 때문에 이런 우연한 기회가 찾아온 것이라 생각한다. 물론, 일본은 비교적 가깝고 생각보다 많은 한국인이 살고 있다. 그러면 한국인이 적은 곳에 가서 일한다면 이야깃거리는 좀 더 많아질 수 있다. 생활하는 장소만 바뀌어도 '평범'한 일상이 '특별'한 이야기가 될 수 있기 때문이다. 극단적으로, 남극 기지에서 생활하는 한국인이 책을 쓰거나 방송에 나오거나 유튜브 채널을 개설한다면 한 번쯤 보고 싶다는 호기심이 들지 않을까.

오사카 생활에 적응한 후에는 휴일에 종종 한일교류회나 한국 음식을 같이 먹는 모임 등을 주최하곤 하는데 이것도 내가 한국 사람이기 때문에 좀 더 쉽지 않았나 싶다. 물론 일본인 중에 한국어나 한국 요리를 굉장히 능숙하게 해서 모임을 만들 수도 있겠지만, 한국인인 내가 교류회를 하거나 음식을 만드는 것이 좀 더 설득력이 있고 그럴싸해 보인다. 더군다나, 모임을 시작해 서로 이야기를 나눌 때도 질문을 받는 기회가 많다. 초반에만 반짝 호기심에 말을 걸거나 관심을 보이는 것일지도 모르지만, 그 잠깐의 호기심마저도 '한국인(외국인)이라는 이야깃거리'가 있기 때문이 아닐까.

세 번째는 새로운 기회가 많다는 것이다. 앞서 이야기한 것처럼 현재 일본이 처한 상황은 결코 만만치가 않다. 그리고 대다수의 젊은 세대는 사회에도 정치에도, 공부에도 별로 관심이 없다. 물론, 내가 만난 사람들에 한정된 이야기일 수도 있겠지만, 일본에 사는 동안 한국의 젊은 사람들보다 더 큰 야망이나 더 많은 경험을 한 일본 사람을 만난 적이 거의 없었다. 보통은 큰 꿈도, 야망도 없이 그저 큰 파도와 같은 시대의 흐름에 자신을 맡길 뿐이었다. 물론 한국에서도 그런 경우가 있지만, 그래도 학업이나 취업을 위해서 모두 어느 정도 노력한다. 각자 노력의 정도는 다르지만, 대학교 졸업만 해도 모셔 간다는 일본의 젊은 세대보다 한국의 젊은 세대가 더 많이 노력하고 있다고 생각한다. 그것이 좋고 바람직한 사회인지에 대한 문제를 논외로 둔다면, 한국의 젊은 청년들이 정말 치열한 경쟁 속에서 살아남았다는 것이다.

나도 평범한 한국의 청년 중 한 사람으로서 너무 당연한 것을 해왔을 뿐이다. 그런데 그 당연한 것이 일본에서는 새로운 기회가 될 수 있었다. 앞서 얘기한 것처럼, 일본은 현재 선진국이라는 이름과는 다르게 IT 기술이 시대에 뒤처지거나 관련 문화나 산업이 아직 제대로 자리 잡지 않은 경우가 많다. 전자결제 시스템이 확실히 자리 잡은 우리와 다르게, 일본의 음식점이나 가게에서는 전산 입력 시스템이 없어 수기로 작성해 종이로 보관하는 경우가 상당히 많다. 실제로 취업 전에 아르바이트를 하는 동안 예약 완료 메일이 오면 자동으로 시스템에 입력되지 않아 일일이 엑셀에 복사, 붙여 넣기를 하며 관리해야 했다. 갑자기 예약이 취소되면 엑셀에서 해당 내용을 찾아 삭제하거나 수정해야 했고, 일일이 사람 손을 거쳐야 했기 때문에 시간도 더 많이 소요됐고 잔 실수도 많이 발생했다. 이런 불편

함은 곧 기회가 된다고 생각한다. 노동자의 관점에서는 그 불편함에 익숙해져야겠지만, 다른 관점에서는 그 불편함을 개선하는 것이 새로운 사업 모델이나 수익으로 직결되기 때문이다.

반대로, 일본이나 일본사람들이 뛰어난 부분들도 있다. 일본에서는 당연하지만 그것이 일본 밖으로 나가는 순간, 굉장한 경쟁력을 가지는 것들. 그런 부분은 반대로 한국에 가져와 새로운 기회로 연결시킬 수 있을 것이다. 예를 들어, 내가 일본의 건설사에서 일하면서 배우는 안전 관리 기준은 한국의 기준보다 훨씬 꼼꼼하고 세세하다. 사람의 목숨과 직결되는 건설 현장의 안전에 대해서만큼은 꼼꼼하게 기준을 정하지 않으면 안 되기 때문이다. 이처럼 일본의 뛰어난 부분을 배워 한국의 여건에 맞게 적용하거나 일본만의 물건 혹은 서비스를 제공할 수 있게 된다면, 그 또한 새로운 기회가 될 수 있다.

건설 현장에서 일하는 저자의 모습

해외에서 일을 하며 산다는 것은 결심하기도, 행동으로 옮기기도 쉽지 않지만, 막상 해보면 다 사람 사는 곳이란 것을 느끼게 된다. 당연히 불안함도, 어려움도 있다. 타지에서 외로움과 싸워야 할 때도 많다. 그러나 물론 개인차는 있겠지만 죽으란 법은 없다. 관점을 조금만 바꾸어 생각하면 특별한 즐거움을 선물 받기도 하고, 새로운 이야깃거리나 기회를 얻게 될 수도 있다. 어떤 부분에 끌려 결심하고 즐거움을 느낄지는 저마다 다 다를 것이고 정답은 없다. 시간이 지나면서 또 다른 이유가 생길 수도 있고 또 장점이 단점이 되어 괴로워질 수도 있을 것이다. 나 또한 일본에 오기 전, 일본 취업에 대해 스스로 100% 납득이 가는 이유를 찾지는 못했다. 하지만 일본에 와서 직접 생활하다 보니 위와 같은 3가지 이유가 생겼고, 지금은 스스로 납득 가능한 충분한 이유가 되었다. 그러니 쉽지 않은 데다 시간이 걸릴 수도 있겠지만, 일본에 살고 싶다면 스스로 충분히 납득할 만한 자신만의 이유를 찾아보는 것은 어떨까.

Ep 05

"저는 지금 개그에 진심인 오사카인들과 오사카에 살고 있습니다."

일본에서 취업이나 유학 등을 이유로 6개월 이상 살게 된다면, 살 곳을 정해야 한다. 물론 취업을 한 경우에는 회사의 규정이나 근무지에 따라 자연스럽게 거주지가 정해진다. 반면, 워킹 홀리데이나 어학연수 등의 경우에는 비교적 이동이 자유로운 편이기 때문에 아르바이트나 어학원을 정하려면 장소 선택에 신중해야 한다. 인프라가 잘 형성되어 있고 정보도 많은 곳을 찾는다면 한국 사람이 많은 곳으로 결정하면 된다. 결국 실제로 선택하는 지역은 크게 도쿄, 요코하마 등의 수도권이나 오사카를 포함한 관서(간사이) 지역, 삿포로나 후쿠오카인 경우가 많다. 간혹 오키나와에 근무하는 한국인을 볼 수 있지만, 호텔이나 서핑, 레저 스포츠와 연관되어 있지 않은 이상 학교나 기업의 수가 적은 오키나와에 가게 될 확률은 다른 도시에 비해 적다고 할 수 있다.

지금 나는 오사카에 살고 있다. 그렇다면 그 많은 선택지 중에서 내가 살고 있는 오사카의 매력은 무엇일까. 물론, 지금부터 하는 이야기는 '성급한 일반화의 오류'이자 '지극히 주관적인 견해'이므로 반드시 정답은 아니라는 걸 염두에 두었으면 한다. 오사카의 매력은 여러 가지가 있겠지만, 내가 느낀 가장 큰 매력은 단연 '사람'이다.

우리가 흔히 생각하는 일본인의 이미지는 친절하고 예의 바르며, 규칙을 잘 지키는 것이다. 또한 벽이 있어 친해질 때까지 시간이 걸리고 소극적인 면도 있는 것으로 알고 있는 경우가 많다. 하지만 이런 전형적인 일본인의 이미지는 사실 대부분 도쿄 지역의 사람들에 해당된다. 조금 과장을 보태 얘기하자면, 오사카인들은 일본인과는 다른 인종처럼 느껴진다. 개인차는 있겠지만 보통의 일본 사람들보다 오지랖이 넓고, 보다 적극적이고, 무엇보다 개그에 목숨을 거는 사람들이 많다. 특히, 개그에 목숨을 건다는 부분이 오사카인의 가장 큰 특징이 아닐까 싶다.

실제로 일본 개그맨의 90% 이상이 간사이 출신이라고 한다. 간사이 사투리를 이해하기 전까지는 깨닫지 못했지만, 오사카인의 말투나 대화 방식에 익숙해지면 표준어로 얘기하는 것에 재미를 덜 느끼게 된다. 기본적으로 간사이 특유의 말투가 재미있다는 인식이 있고, 또 태어날 때부터 웃기고자 하는 DNA가 있는 것처럼 오사카인들은 상대를 재미있게 만드는 것에 목숨을 건다. 물론, 받아들이는 사람에 따라 예의가 없다고 느낄 수도 있다. 유머가 너무 직설적이거나 선을 넘는 경우가 많기 때문이다.

입사 첫 해에 이런 일이 있었다. 회사에서 같은 팀의 동갑내기 선배와 함께 건설 자재의 강도 시험을 실시할 때의 일이었다. 건설 자재의 특성상 안정성의 확보와 검증이 굉장히 중요하기 때문에 시험기를 통해 면밀하게 시험을 진행한다. 선배와 나는 평소 시행하지 않던 방법으로 안정성을 검증하고 싶었고, 주변의 시험 도구를 활용해 임의로 시험하기로 했다. 중량 10kg 이상의 금속추를 철사에 감아 시험을 진행했다. 몇 번의 시험이 무사히 끝나고 마지막 시험을 시행하던 때였다. 시험 도구를 공중에서 떨어뜨리는 사고가 발생한 것이다. 하필이면 시험 도구 아래에 선배의 엄지손가락이 끼여 있어 크게 다치고 말았다. 선배는 이 사고로 엄지손가락 뼈가 완전히 분해된 '분해 골절'이라는 진단을 받았다. 모두 선배가 치료를 잘 받을 수 있도록 신속하게 조치하고 걱정하고 있었다. 나 또한 같은 마음으로 상사의 부상에 대한 시말서를 작성하는 등 회사 내

절차를 밟느라 정신이 없었다.

그리고 시간이 조금 흘러 선배의 상태가 좋아지고 그 일에 대해 웃으면서 이야기할 수 있게 되자, 다들 그 사건을 개그 소재로 이용하기 시작했다. 신입인 내가 강도 시험을 준비할 때마다 우리팀 과장님이 '손가락 조심해. 분해 골절을 당하는 녀석이 다 있더라고~'라며 농담을 시작하면 당사자인 선배는 과장되게 '그런 녀석이 어디 있냐'며 장난을 받아 치는 식이다. 그렇게 몇 번이고 비슷한 맥락의 대화를 주고받다가 마지막에는 '그거 나잖아!'라는 선배의 말과 함께 대화가 끝난다. 받아들이기에 따라서 사람이 다쳤는데 어떻게 그걸 개그 소재로 삼냐며 어이가 없을 수도 있겠지만, 이게 농담이고 상대가 개그로 받아들인다는 걸 알 정도로 서로 신뢰가 쌓여 있는 상태이기에 웃고 넘어갈 수 있는 것이다.

농담이 개그가 되려면 해야 할 때와 하지 않아야 할 때를 구분해야 한다. 실제로 내가 만난 오사카 사람들은 내가 일본어 초보에 간사이 사투리를 이해하지 못했을 때는 나에게 이런 류의 장난이나 농담을 전혀 하지 않았다. 대화나 개그를 어느 정도 이해하고 조금씩 되받아치게 되자 그때서야 과장님과 사원은 물론, 타 부서 사람들과도 자연스럽게 농담하며 지내는 관계가 될 수 있었다. 이러한 유머나 개그를 이해하게 되면서 오사카인을 좀 더 제대로 알게 되었다. 쉽게 말하면, 그들은 '나를 희생해서라도 분위기를 띄우자', '상대를 웃겨야 한다'는 사명감이 있는 신기한 사람들이다.

오사카인들은 웃기려는 욕구가 있다는 것 외에도 다가가기가 쉽고 친해지기 좋다는 장점이 있다. 이건 외국인의 입장에서 굉장히 중요한 요소라고 생각한다. 도쿄에서 약 6개월간 교환학생을 했을 당시에 일본인 친구들이 있었고 물론 친절했지만 개인적으로 많은 시간을 보내지는 못했다. 물론 그때는 내가 일본어를 거의 못했고, 영어나 한국어를 할 줄 아는 일본인 친구들에 한해서만 소통을 할 수 있었기 때문에 친해지는 데에 한계가 있었다. 하지만, 일본인 친구들과 함께 술자리를 가져도 보통 막차가 끊기기 시작하는 밤 11시 이후에는 하나둘씩 자리를 일어나고 결국 외국인 친구들만 남아 있는 경우가 많았다. 지금과 똑같은 조건이 아니기 때문에 무작정 비교할 수 있는 상황은 아니지만, 체감상 오사카인이 훨씬 말을 걸기 쉬웠고 이후 친해지는 경우가 많았다. '도쿄인'은 뭐랄까. 예의 바른 깍쟁이 같달까.

Ep 06

일본인과 친구 되기

① 이자카야, 타치노미, 바

일본에 혼자 살게 되면서 가장 먼저 마주한 감정은 외로움이었다. 가족, 친구들과 떨어져 해외에서 살기로 결심했을 때, 각오는 이미 되어 있었다. 일본뿐만 아니라 해외에서 살아간다면 외로움은 필연이라고 생각했다. 가뜩이나 사람들과 어울리는 걸 좋아하는 나로서는 이제 막 알기 시작한 직장 동료나 선배만으로는 한계가 있었다. 사생활의 영역에서 편하게 볼 수 있는 친구가 필요했다. 그렇다면 일본에서는 어떻게 사람들을 만나고 친구를 사귈 수 있을까.

일터나 학교가 아니라 나와 전혀 관련이 없는 사람들을 만나는 방법은 다양하다. 필자는 개인적으로 낯가림이 적은 편이고 사람과 술을 제법 좋아하는 편이다. 따라서 코로나가 유행하기 전에는 회사 선배들과 자주 술자리를 가졌고, 회사의 술자리가 없거나 쉬는 날이면 집에서 가까운 이자카야(일본식 술집)나 타치노미(일본식 선술집. 자리가 좁고, 의자가 아예 없어 서서 먹어야 하지만 가격이 저렴해 가볍게 한 잔 하기 좋은 곳이다), 바에서 현지인들과 교류하는 것에 거리낌이 없는 편이었다. 아니, 일본어와 일본 문화를 배우기 위해 일부러 더 현지인과 교류하기 위해 의식적으로 노력했던 것 같다. 한국인 친구와 한국 문화를 배우기 위해 일본에 온 건 아니었으니까.

오사카에 와서 처음 살게 된 곳은 '키레우리와리(喜連瓜破駅)'라는 역에서 도보 10분 정도의 거리에 있었다. 나중에 알게 된 사실이지만 일본의 수많은 역 중에서도 읽기 어려운 특이한 명칭으로 항상 순위권에 들어가는 역이라고 한다. 관광으로 오사카에 오면 흔히 가는 '우메다'나 '난바' 등의 중심부에서는 꽤나 떨어진 곳이었다. 그래서인지 집 주변에는 한국인이 적은 편이었던 데다 일본어를 제법 유창하게 할 수 있는 한국인은 더욱 적었다. 그 덕분인지 퇴근 후나 주말에 집 근처에서 한 잔 하면 점원이나 손님들이 관심을 가지고 반갑게 맞이해 주는 경우가 많았다. 자주 가던 집 근처의 이자카야도 마찬가지였다. 내가 특이한 존재였고 고맙게도 다들 관심을 가져 주었다.

최근 한국에서도 혼술을 하는 경우가 많아졌다고는 하지만 막상 집이 아닌 음식점이나 술집에서 혼자 술을 마시려고 하면 그리 않은 것이 사실이다. 필자도 한국에 있을 때 혼자서 술을 마시러 가게에 간 적은 없었다. 그런 필자가 일본에서는 혼자서도 비교적 쉽게 술집에 들어갈 수 있게 되었다. 우선 같이 갈 친구가 없었기 때문에 혼자 갈 수밖에 없었고, 무엇보다 일본의 가게에는 혼자 온 손님들도 편하게 머물다 갈 수 있는 카운터석이 마련돼 있는 곳이 많기 때문이다. 그래서인지 혼자 식사를 하거나 술을 마시는 손님이 비교적 많아 혼자서도 가게에 들어가기가 수월하다. 필자가 자주 가던 집 근처의 이자카야에서도 카운터석에 앉아 점장님이나 점원, 옆에 앉은 손님들과 이야기를 나누며 친해질 수 있었다. 처음 들어갈 때는 약간의 용기가 필요하다. 그러나 작은 용기에 비해 얻는 게 많았으므로 용기를 내지 않을 수가 없었다.

실제로 자주 가는 이자카야에서 다양한 사람들을 만나 함께 술을 마시기도 했다. 한 번은 꽃집을 운영하는 40대 중반의 아저씨와 우연히 같이 술을 마시게 되었다. 가게를 들어가서 언제나처럼 카운터석에 앉았을 때, 꽃집 아저씨는 지인과 함께 카운터석에 앉아 '메가 하이볼(보통의 하이볼보다 약 3배 정도 잔이 크다. 당연히 양도 많이 들어간다.)'을 마시고 있었다. 이미 꽤나 얼큰하게 취한 것 같아 보였는데 필자가 옆에 앉으니 자연스럽게 말을 하게 되었다. 다행히 그 꽃집 아저씨는 한국에 관심이 많았다. 어릴 때부터 재일교포인 친구들과 친하게 지냈기 때문이었다. 특히 한국의 역사에도 관심이 많아 다소 불편할 수 있는 한일 간의 역사 문제도 서슴없이 얘기 나눌 수 있었다. 20대의 젊은 일본인을 만났을 때는 역사를 주제로 얘기를 한 적이 거의 없었다. 다행히도 꽃집 아저씨와는 처음 만났지만 대화가 잘 통하고 술을 좋아한다는 공통점이 있었기에 연락처를 주고받고는 종종 만나 술친구가 되었다. 좀 더 친분을 쌓은 후로는 간혹 아내와 자녀 등 가족에 대한 고민을 털어 놓기도 하셨고, 그 지역의 오랜 맛집이나 지인의 가게에 초대해 주시기도 했다. 소개를 받은 가게에서는 다시 가게 주인이나 점원과 친해져 한 명도 없었던 일본인 친구나 지인이 점점 많아지는 계기가 됐다.

그리고 비교적 최근의 일이지만 코로나의 영향으로 많은 가게가 단축 영업을 하거나 아예 휴업을 하던 시기에 일시적으로 제한이 풀린 적이 있었다. 그 사이에 필자도 '키레우리와리'에서 '谷町 9 丁目(타니마치큐쵸메)'라는 역 근처로 이사를 했다. 그리고 그 근처에 새로 생긴 카운터석 밖에 없는 작은 바에 종종 들러 가볍게 한 잔 하곤 했다. 평소와 다를 것 없던 어느 날, 그 바에 한국인 친구와 들렀고 옆 좌석에 앉아 있던 20대의 젊은 일본인 남자와 인사를 트고 명함까지 주고받게 되었다. 알고 보니 집 근처인'谷町６丁目(타니마치로쿠쵸메)'에서 타치노미를 운영하는 조리장이라고 했다. 코로나의 영향으로 계속 문을 닫거나 단축 영업을 해 왔는데 제한이 풀렸으니 꼭 놀러 오라는 것이었다. 우연이지만 그가 일하는 곳은 평소 자전거로 출퇴근을 하며 한 번쯤 가보고 싶었던 타치노미 가게였다. 얼마 지나지 않아 직접 그 가게에 방문했고, 친구들에게도 가게를 소개해 주면서 지금은 아주 가까운 사이가 되었다.

Ep 07

일본인과 친구 되기

② 고콘, 마치콘, 아이세키이자카야

만약, 일본에서 이성친구를 만나고 싶다면 어떻게 하면 될까. 지인이 소개를 해주면 좋겠지만 필자처럼 아는 사람 없이 처음 외국에 오면 소개 받는 것이 쉬운 일이 아니다. 그렇다면 직접 발로 뛸 수밖에 없지 않을까. 일본에는 한국의 미팅과 같은 '고콘(合コン)'이 있다. 그리고 특이한 게 '마치콘(街コン)'이라는 것이 있다. 마치콘을 굳이 한국어로 번역하자면 '도시의 미팅'이라고 할 수 있다. 아는 사람의 아는 사람이 나오는 것이 아니라 정말 누가 나올지 모르는 랜덤 미팅이다. 인터넷이나 어플, SNS를 활용하면, 연령대나 지역별 등 원하는 카테고리에 맞는 모임에 참여할 수 있다. 나중에 알게 된 사실이지만 코로나가 유행하기 전에는 우메다나 난바 등 번화가에서 분위기 좋은 가게를 통째로 빌려 수십 명, 때로는 100명이 넘는 남

녀가 모여서 이벤트를 즐겼다고 한다.

필자도 우연에 우연이 겹치면서 마치콘의 존재를 알게 됐고, 지금까지 딱 한 번 경험해 봤다. 우연의 시작은 이랬다. 지금은 결혼한 선배와 선배의 여자친구와 함께 한국 음식점에서 저녁을 먹고 2차로 근처에 새로 오픈한 치킨집에 갔을 때였다. 꽤나 취한 상태로 화장실에서 차례를 기다리며 줄을 서 있다가 근처 테이블에서 술을 마시던 일본인 남자 2명과 친해지면서 라인 아이디(일본에서는 라인을 카카오톡처럼 사용하고 있다.)를 교환하게 됐다. 처음 보는 사람과 쉽게 친해지는 성격 탓에 남녀노소 불문하고 친해지는 경우는 있었지만 이렇게 화장실을 기다리다가 연락처를 교환하는 경우는 처음이었다. 다음 날 술이 깬 뒤에 메신저로 인사를 했더니 대화가 이어졌고 바로 다음 약속이 잡혔다. 그렇게 나간 곳이 바로 마치콘이었다.

필자가 참여했을 때는 30명이 조금 넘는 사람들이 참여했다. 진행자 겸 주관자가 이벤트 시작을 알리자 다 같이 잔을 들어 건배를 했고 같은 테이블에 앉아 있는 사람들과 자기소개를 하며 대화를 이어 갔다. 어느 정도 시간이 지나자 진행자의 진행에 맞춰 테이블을 옮겨 다니며 여러 사람과 이야기할 수 있었다. 아무래도 정해진 시간 동안 여러 사람을 만나다 보니 깊이 있는 이야기보다 이름, 하는 일, 일본에 온 이유 등 똑

같은 레퍼토리로 이야기를 하게 됐지만 그래도 다양한 현지인을 만날 수 있다는 것에 굉장히 즐거웠다. 그 중 특히 좀 더 친해지고 싶은 일본인 여자친구 2명이 있었다. '유카'와 '아야카'라는 이름의 친구였다. 외모가 귀여운 탓도 있었겠지만 주관이 뚜렷하고 일에 대해 확실한 목표와 비전을 가지고 있었다. 그런 점이 그 자리에 있던 다른 많은 여성분들과는 달라 보였고, 대화에 흥미가 생기면서 좀 더 친해지고 싶다는 생각이 들었다. 2시간 가량의 예정된 시간이 끝나고 그 두 명을 포함해서 같이 친해진 6~7명과 함께 자리를 옮겨 좀 더 이야기를 나눴다. 즐거운 시간을 보낸 후, 연락처를 주고받아 자주 연락을 하면서 더 가까워지게 되었다.

특히, 유카는 주변에 아는 사람이 굉장히 많은 이른바 '마당발'이었다. 처음 보는 사람과도 금방 친해지는 성격이 나와 닮아 있었고, 자신의 집에 지인들을 초대해 식사를 하거나 술을 마시기도 했다. 특히, 유카는 요가 강사 자격증이 있어 때때로 유카네 집에 모여 요가를 하고 필자가 트레이닝을 알려준 뒤 함께 식사를 하곤 했다. 이때 같이 식사를 하거나 운동을 하면서 많은 친구들을 만날 수 있었고, 덕분에 지금은 일본인 못지않게 많은 친구들이 생겼다. 술이 취해 화장실 앞에 있는 손님들과 친해지지 않았다면 만날 수 없는 인연이라 생각하면서 항상 고맙게 생각한다.

사람에 따라서는 미팅이나 소개팅이 어색하고 어려운 자리일 수 있다. 따라서 마치콘을 모든 사람에게 추천하는 방법은 아니지만, 비슷한 나이대의 다양한 직군이나 경험을 가진 사람들을 한 번에 만날 수 있는 좋은 기회가 될 수도 있다. 관광객이라면 절대로 하기 힘든 경험이기 때문에 일본에 살고 있다면 꼭 한 번은 참여해 보기를 추천한다. 남성의 경우라면 참가비가 대체로 4,000엔부터 시작하지만, 여성의 경우 무료 혹은 2,000엔 이하로 상대적으로 저렴한 편이다. 따라서 다수의 사람들을 만나는 게 너무 싫지만 않다면 속는 셈 치고 한 번 참여해보는 것이 어떨까 한다. 나는 마치콘에서 이어진 인연 덕분에 인간관계의 폭을 넓힐 수 있었고, 일본 생활을 훨씬 더 즐겁게 보낼 수 있게 되었기 때문이다.

Ep 08

일본인과 친구 되기

③ 어학, 사교, 연애 등 목적에 맞는 어플

만약 술을 마시는 것도, 불특정 다수의 사람들을 만나는 것도 별로 좋아하지 않는다면 또 다른 방법이 있다. 스마트폰이 있다면 누구나 사용 가능한 앱을 이용하는 것이다. 앱에 따라서 성격이나 목적이 다 다르겠지만, 일본의 이자카야 등 오프라인에서 무작정 만나는 사람들에 비해서 한국이나 한국인에 관심이 있는 사람들을 만날 확률이 높다. 앱의 종류나 설정을 바꾸면 같은 취미나 관심사를 가진 사람들을 만날 수도 있다.

예를 들어, Meetup라는 앱이 있다. 이 앱은 우리나라로 치면 동아리나 온·오프라인 모임을 직접 개최하거나 참가하고 싶은 모임을 찾을 때 활용하는 앱이다. 일본인 동생의 소개로 이 앱을 처음 알게 되었고 당시에는 코로나 상황이 심각한 나머지 오프라인 모임을 참가하거나 개최하기엔 조금 무리가 있었다. 그 대신, 처음 앱을 소개해준 일본인 동생과 함께 매주 토요일 오전에 Zoom을 이용한 온라인 교류회를 개최했다. 처음에는 개최자 2명을 포함하여 4~5명이 참여했다. 그렇게 매주 공지한 시간에 꾸준히 모임을 진행하다 보니 참가하는 사람들이 조금씩 늘어났다. 한 번은 20명 정도가 참가하는 바람에 1시간 30분이란 정해진 시간 동안 서로 몇 마디 정도밖에 나눌 수 없었던 적도 있었다. 그런 시행착오를 겪기도 했지만, 코로나 바이러스로 오프라인 모임을 꺼리거나 지역이 먼 사람 혹은 외국인들도 쉽게 들어와 편하게 이야기할 수 있다는 것이 온라인 모임의 큰 장점이었다. 실제로 한국인과 일본인뿐만 아니라 한국어나 일본어 회화가 가능한 인도인, 중국인이 참여해 서로 다른 문화에 대해 이야기를 나누기도 했다.

이 앱에 온라인 모임만 있는 것은 아니다. 온라인에서 친분을 쌓고 오프라인으로 친해지는 경우도 있겠지만, 봄소풍, 불꽃놀이, 저녁식사, 다트 등 여러 이벤트를 개최하는 사람들도 많다. 특히 인원이 모이지 않으면 진행하기 힘든 풋살이나 축구, 바비큐 등 평소 혼자서는 쉽게 할 수 없었던 이벤트에 참가할 수도 있고, 원하면 누구나 모임을 개최할 수 있는 것이 이 앱의 가장 큰 장점이라고 할 수 있다.

이 앱을 통해 한 다트 모임에 참가한 적이 있다. 오사카 난바 주변의 큰 게임센터가 모임 장소였고, 생각보다 인원이 많았다. 늦게 합류한 인원까지 합치면 대략 20명 정도가 각자 팀을 이뤄 다트 게임을 즐겼다. 새로운 사람들과의 교류를 좋아하는 터라 새로운 멤버도 반갑게 맞이해주는 분위기에 꽤나 흡족해하고 있었다.

그리곤 모임 개최자와 몇몇 사람들과 함께 이야기를 나누고 있을 때였다. 갑자기 엉뚱하게도 미용에 대한 이야기가 시작됐다. 한국의 미용이나 화장품이 워낙에 유명하다 보니 자연스럽게 이야기가 그쪽으로 흘러가나 보다 생각하고 있었다. 그런데 알고 보니, 모임에 참가한 사람들 중 대부분이 화장품을 취급하는 다단계 회사의 사람들이었다. 다단계 회사에 대해 편견을 갖고 있진 않지만, 모임을 개최하고 나와 친해지려 한 이유가 순전히 '나'에 대한 관심이 아니라 다른 곳에 있는 것 같아 해당 모임을 끝으로 다시는 모임에 나가지 않았다. 경험하지 않고는 알기 어렵겠지만, 아무래도 다양한 모임이 개최되기 때문에 옥석을 가리는 안목도 필요하다. 그렇지 않으면 시간, 에너지, 돈을 뜻하지 않게 낭비하게 될 수도 있다.

그 외에도 다양한 앱이 존재한다. 한국에서도 유명한 언어교환 앱인 'Hello Talk'나 일본에서 인기인 데이팅앱 'Pairs(ペアーズ)' 등 유행은 조금씩 변하지만 각자 상황과 목적에 맞춰

앱을 활용할 수 있다면 현지인 친구를 사귀는 것은 물론, 새로운 이벤트에 참가할 수 있는 좋은 기회가 될 수 있다. 다만 어떤 앱이든 개인 정보 보호에 유의하고 실제로 만남을 가질 때에는 신뢰할 수 있는 상대가 맞는지 신중 또 신중해야 한다. 좋은 취지에서 시작한 새로운 만남이 원치 않는 결과로 이어진다면 좋은 기억만 남기기에도 부족한 외국 생활이 더욱 외롭고 고단해질 수 있기 때문이다. 그 점만 주의한다면, 앱을 활용하여 더욱 더 폭넓은 교류를 할 수 있고 정말 마음이 맞는 친구도 사귈 수 있을 것이다.

Ep 09

생존형 요리에서 나누는 요리로, '형경식당'

일본에서 산다는 것에 또 하나의 고충이 있다. 바로 음식이다. 물론 일식은 훌륭하다. 맛있는 음식도 많고 음식점도 다양하다. 뿐만 아니라 한국과 지리적 위치가 가깝고, 문화도 비슷해 음식이 입에 안 맞는 것도 아니다. 이미 한국에도 수많은 일본 음식점들이 있을 만큼 일본 음식이 익숙한 탓에 음식 때문에 곤란할 일은 없을 거라 생각될 수도 있다. 그러나, 산다는 건 여행이 아니다. 삼시 세끼를 현지에서 해결해야 하는데 그게 하루 이틀이 아니다. 특히 코로나로 해외여행이 제한되고 하늘길이 막히면서 그나마 가끔 한국에 가서 그간 못 먹던 한국 음식을 실컷 먹는 기회도 없어졌다.

현지에도 한국 음식을 전문적으로 파는 음식점이 수없이 많다. 특히 지금 살고 있는 타니마치큐쵸메역 근처에 코리안타운과 난바가 있어 언제든지 원하는 한국 음식을 비교적 간단하게 먹을 수 있다. 한국 음식점이 많이 몰려 있기 때문이다. 다만, 일본 현지 입맛에 맞춰진 곳이 많고 한국인의 입장에서는 가격이 너무 비싸다. 최근 한국 외식 물가도 많이 올랐다고 하지만 일본에서는 평범한 김밥이나 떡볶이를 1,000엔에 판다. 맛이 없진 않지만 김밥 한 줄을 한국 돈 1만 원에 산다는 것이 그리 달가운 일이 아닌 탓에 전체적인 만족도가 높진 않았다. 특히 소주라도 한 잔 하려고 하면 가격은 터무니없이 비싸진다. 오사카를 기준으로 보면 최근에는 가격이 많이 저렴해지긴 했지만 그래도 소주 한 병에 평균 1,000엔 정도를 내야 한다. 하지만 아직도 1,500엔씩 지불해야 하는 곳도 있다. 김밥이나 떡볶이와 마찬가지로 소주 한 병에 한국 돈 1만 원을 내야 한다는 사실에 대해 아직 마음에 장벽이 있다. 상황이 이렇다 보니 편하게, 그리고 가능하면 한국 현지의 맛을 그대로 느끼기 위해서 한국에 있을 때보다 더 필사적으로 한국 음식을 만들기 시작했다.

요리를 처음 시작한 것은 고등학교 졸업 후, 처음으로 고향인 대구를 떠나 서울에서 유학(?) 생활을 하게 됐을 때다. 자취를 막 시작할 무렵, 가족을 떠나 혼자 산다는 건 왠지 어른이 된 것만 같아 마냥 설레고 기뻤다. 그러나 시간이 지나 학교 급식도, 어머니의 요리도 먹을 수 없게 되면서 하루 세 끼 식사를 스스로 해결해야만 했다. 실로 큰 부담이었다. 뭔가 방법을 찾아야 했다. 전부 외식으로 해결하기엔 금전적으로도 건강면에서도 별로 좋은 생각이 아니었다. 그래서 간단한 요리를 직접 하기 시작했다.

그러나 그때까지만 하더라도 지금처럼 한국 요리를 고집하지는 않았다. 지금은 오사카에서 생활하면서 한국에 자주 갈 수 없기 때문에(특히 코로나로 2년 이상 돌아가지 못한 상황) 집밥과 한식이 더욱 그리워졌다. 일식은 밖에서 얼마든지 사 먹을 수 있었기 때문에 집에서는 본격적으로 한국 요리를 하기 시작했다. 요리 선생님은 오랜 기간 알게 모르게 축적된 나의 입맛과 손맛, 그리고 유튜브였다. 각종 한식과 안주 요리법을 소개하는 유튜브를 여럿 섭렵하고, 한국 슈퍼에서 필요한 조미료와 식재료를 구매했다. 한국에서 직수입한 조미료 덕분인지 맛도 제법 그럴싸했다. 요리의 맛을 알게 되자 메뉴는 점점 다양하게 진화했다.

그러나 메뉴가 찜닭, 보쌈 등으로 넘어가면서 혼자서는 다 먹을 수 없는 상황이 많아졌고, 직접 요리해서 먹는 걸 선호하다 보니 친구들을 초대해서 같이 먹기 시작했다. 당연히 면전에서 대놓고 '맛없다'고 말하기 어려운 걸 알지만, 다행히 평가는 나쁘지 않았고 매주 필자의 요리를 먹겠다는 고정 팬(?)도

생겼다. 요리를 먹기 위해 먼 길을 달려와주는 친구들을 위해서 재료나 레시피에 좀 더 신경 쓰게 됐고, 재료나 식기도 최대한 현지에 가깝게 준비하려 노력했다. 덕분에 필자의 집은 '형경식당'이라는 별칭을 얻었고, 과장을 좀 보태 2021년 1년간 적어도 100명 이상의 친구들이 방문했다. 한국과 일본인 친구들은 물론, 프랑스, 대만, 스페인, 영국, 중국, 미국 등 다양한 나라, 다양한 문화권의 친구를 만날 수 있었다.

'형경식당'은 현재도 성업(?) 중이다. 이제는 단순히 요리를 먹는 것에 그치지 않고 다양한 친구를 만나는 교류의 장으로도 발전했다. 덕분에 일본 문화와 일본인의 입맛에 대해서도 훨씬 구체적인 경험을 할 수 있었다. 예를 들어, 매운맛에 대한 한국과 일본의 기준이 다르다는 것이다. 알고 보면 한국인의 매운맛에 대한 감각이나 기준은 세계적으로 봤을 때 굉장히 엄격한 편이다. 한국에서 나고 자란 사람들은 인지하지 못하지만 한국처럼 매운 음식이 다양한 나라는 중국이나 멕시코 정도가 아닐까 싶다. 실제로 일본에는 매운 음식이 없다. 매운 음식이라면 카레 정도가 있지만 카레의 매운맛은 한국의 청양고추와는 전혀 다른 매운맛을 낸다. 산초나무 열매를 갈아서 매운맛을 내기 때문에 한국인에게 익숙한 매운맛과는 다른 것이다. 그래서 내가 만난 친구들 가운데 '신라면' 정도를 매우 맵다고 느끼는 일본인들이 경험상 절반 정도는 되었던 것 같다. 친구들을 불러서 요리를 할 때도 신라면을 기준으로 물어보곤 한다. 신라면을 먹을 수 있고 그 이상의 매운맛도 충분히 가능하다는 친구들이라면 청양고추를 팍팍 넣어 꽤나 얼큰하게 요리를 할 수 있다. 반대의 경우는 고추장이나 고춧가루 정도로 맛을 내어, 색깔은 매워 보이지만 실제로는 그렇게까지 맵지 않게 음식을 만들곤 한다.

코로나 상황이 장기화되면서 음식점이나 술집이 단축 영업

혹은 휴업을 하고 단체 회식마저 줄어들자 지인들과 집에서 직접 한식 요리를 만들어 먹는 '형경식당'의 인기는 더 높아졌다. 덕분에 더 많은 요리를 해야 했지만 그래도 괜찮았다. 오히려 찾아와 주는 친구들이 고마웠다. 한국에 돌아가지 못하는 상황에서 일과가 끝난 후나 주말을 혼자가 아니라 친한 친구들이나 새로운 친구들과 함께 보낼 수 있다는 것이 향수병이나 외로움을 덜 느끼게 해 준 아주 중요한 요인이었다고 생각한다. 직장에서도 때론 힘들지만 보람찬 나날을 보내고 있고, 개인 생활에서도 항상 즐거움이 있다는 건 정신적으로나 육체적으로 건강하고 만족스러운 생활을 유지하게 하는 가장 큰 이유라고 생각한다. 필자는 '요리'라는 매개체로 많은 사람들을 만날 수 있었지만, 이 책을 읽는 분들은 본인의 취향이나 취미에 따라 다른 매개체를 잘 활용한다면 일본뿐 아니라 해외 그 어느 곳에서든 건강한 생활을 이어갈 수 있을 것이다.

박성재

일본에서 〔 문화 〕를 이해하다

Ep 01

일본어 점수 35점의 일본 입성 도전기

대한민국 전체가 붉은 물결로 물들어 태극 전사들을 응원하기 위해 목청을 높이던 2002년 여름. 한 고등학교 교실에서는 누군가 전혀 다른 이유로 목청을 높이고 있었다. 그는 두 주먹을 불끈 쥐고, 창백한 얼굴에 날카로운 눈빛으로 나에게 이렇게 소리쳤다.

"바카야로 조센징(멍청한 조선인)!"

나는 먼지가 가득한 교실 바닥에 무릎을 꿇은 채 일본어 교사의 일본어 욕을 한껏 받아내야만 했다. 일본어 점수 35점. 그게 내가 일본어 욕을 들어야 하는 이유였다. 그러나 나는 일본어나 일본어 점수는 물론이고, 교사의 일본어 욕에도 큰 관심이 없었다. 과연 그 교사는 일본어 시험에서 35점을 받은 학생이 자신의 일본어 욕을 다 알아들을 거라고 생각했던 걸까. 아마도 자기 분에 못 이겨 자기 기만 중이었던 것 같다. 나는 마지막 남은 자존심으로 반성하지 않는 척을 하려고 노력했다. 청소년의 광기 어린 반항심이었을까. 그때의 나는 왜 그렇게까지 일본과 일본어에 관심이 없었을까 싶다. 일본에 와서 어느덧 10년이란 시간을 보내고 있는데 말이다.

시간은 흘러 2008년 12월. 나는 논산 훈련소에 입소했고, 추운 겨울에 꽁꽁 얼어버린 머리와 별로 뜨겁지 않은 심장으로 군생활을 시작했다. 특별한 목표도 없이 그저 건강하게만 시간을 보내자고 생각했을 뿐이었다. 눈 깜빡할 사이 어느덧 입대한 지 100일이 되었고, 나는 100일 휴가를 받았다. 그때 존경하는 나의 어머니께서 '야마오카 소하치'의 '도쿠가와 이에야스'라는 책을 권해 주셨다. 아마 나는 일본전국시대의 대하 역사 소설인 이 책을 계기로 일본에 대해 파헤치기 시작했을 것이다.

나는 책을 보며 많은 것을 마음에 담았다. 너구리 같은 외모를 가진 도쿠가와 이에야스는 목표를 이루기 위해서는 인내하고 또 인내하는 절제된 마음가짐이 크나큰 덕목이라 생각했고, 나는 그를 통해 절제를 배울 수 있었다. 오와리의 바보였던 '오다 노부나가'에게는 변혁과 추진력, 야심을 솔직하게 드러내는 강단을 배웠다. 또 작고 왜소한 몸으로 시장 바닥의 바늘 장수에서 일본 최고의 권력을 갖게 된 '도요토미 히데요시'의 이야기를 보면서는 그를 닮고 싶다는 생각까지 들었다. 물론 자기의 주군인 오다 노부나가에게서 작고 흰 원숭이라고 불렸던 그가 아마도 망년에 치매로 인해 일으킨 우리나라와의 악연을 별개로 본다면 말이다. 결국 30여 권의 책을 다 읽은 나는 이번엔 일본의 경영자들이 쓴 책을 읽어 나가기 시작했다.

동일본의 소니 제국을 만든 모리타 아키오, 서일본에 파나소닉 왕국을 세운 마쓰시타 고노스케, 일본 경영의 신이라고 불리는 쿄세라의 창립자 이나모리 카즈오, 일본 자동차의 혼이라 불리우는 혼다 자동차의 창립자 혼다 소이치로, 전 세계의 모터를 지배하는 기업 일본전산의 창립자인 나가모리 시게노부, 또 소프트뱅크 천하를 이뤄낸 손 마사요시(손정의) 회장의 책까지 나는 뭔가에 홀린 듯 그들의 이야기에 빠져들었다. 그분들의 이야기를 하나하나 마음에 새기면서 나는 아마도 무의식적으로 일본에 살게 될 것이라고 생각했던 것 같다. 그리고 언젠가는 일본에 내 깃발을 꽂을 날을 고대했다.

나는 군대에서 약 100여 권의 일본 관련 책을 읽고 2011년 1월에 제대한 후 다시 미국의 학교에 복학했다. 캠퍼스의 풍경은 너무나도 달라져 있었지만 나는 그런 것에는 전혀 아랑곳하지 않고 일본에서 살겠다는 꿈 하나만 생각했다. 나는 먼저 일본어 회화 실력을 키우기 위해 일본인 룸메이트를 찾기로 했다. 미국의 일상 속에서도 자연스럽게 일본어를 듣고 말할 수 있는 환경을 만들겠다는 일념이었다. 복학 후 한 달 간은 마치 먹이를 노리는 하이에나처럼 캠퍼스의 이곳저곳을 떠돌며 일본인을 찾던 나는 비로소 키가 186cm나 되는 거구의 일본인을 만날 수 있었다. 나는 이 일본인 친구(현재까지도 가장 친한 친구다.)에게 내 룸메이트가 돼 줄 것을 요청했고, 대답은 아주 간단했다.

"いいよ(좋아.)"

그렇게 나는 졸업할 때까지 약 2년간 그 녀석과 찐한 동거를 했고, 미국에 살고 있지만 하루가 48시간인 것처럼 질리도록 일본어 회화를 할 수 있었다. 그러던 중에 녀석이 나에게 한 사람을 소개해 줬다. 그녀는 나에게는 은인이 되었고, 녀석에게는 여자친구가 되었다. 그녀를 나의 은인이라고 말하는 이유는 그녀가 운명의 빨간 실이 되어 나와 일본을 이어 줬기 때문이다. 복학 후 9개월이 지난 2011년 9월의 어느 날, 그녀는 나에게 이렇게 말했다.

"보스턴 커리어 포럼에 같이 가자."

그때까지만 해도 보스턴 커리어 포럼이 무엇인지, 심지어는 그런 박람회가 있다는 사실조차도 모르고 있었다. 나중에 알고 보니 보스턴 커리어 포럼은 미국 본토에서 일본어, 영어를 구사할 수 있는 일본인과 외국인을 뽑는 최대 규모의 취업 박람회였다. 취업 박람회라는 말 자체가 낯설었다. 취업은 나와는 전혀 다른 세상의 일이라고 생각했기 때문이다. 단순히 일본에 가이겠다는 생각만 했을 뿐, 일본 취업에 대한 전략은 전혀 생각하지 않았을 만큼 나는 무지했다. 지금이야 일본 취업에 대해 알려주는 유튜브 채널과 블로그, 일본 취업을 도와주는 컨설팅 회사가 많지만 10여 년 전에는 이런 것들이 거의 전무했기 때문에 마음먹지 않으면 일본 취업에 대해 자세히 알기란 어려운 일이었다.

먼저 보스턴 커리어 포럼 공식 플랫폼을 통해 이력서와 ES(Entry sheet, 자기소개서)를 작성했다. 그러나 당시의 나에겐 개념조차 잡혀 있지 않았기에 기업 분석이나 전략적 ES 작성이란 전혀 없었다. 일본 취업은 물론 국내 취업을 할 때도 자기

분석은 반드시 필요하지만, 나에겐 그저 남의 이야기로만 느껴졌다. 때문에 근본 없는 이력서와 족보 없는 ES는 지금 생각하면 정말 가관이었던 것 같다.

그럼에도 불구하고 나는 파나소닉, 혼다, 쿄세라, 일본전산, 소프트뱅크 등 군대에서 읽은 책 속에 등장했던 경영자들의 기업에 지원했다. 아무런 준비도, 대책도 없었다. 근거 없는 자신감으로 무작정 지원했다. 결과는 어땠을까. 학교 메일로 도착한 선고 결과는 처참하기 그지없었다. 모든 회사에서 탈락의 고배를 마셔야 했다. 당연한 결과였다. 아무 준비도 안 된 사람에게 면접의 기회를 줄 회사는 없었다. 그런데 예외인 곳이 있었다. 바늘구멍을 통과하는 것과 같은 기적이었다. 나는 그 한 회사의 면접을 보기 위해 당시 나에게 굉장히 거금이었던 총 1,400달러를 들여 보스턴행 비행기표를 끊고 3일간 묵을 호텔을 예약했다. 그것이 얼마나 무지한 선택이었는지는 미처 알지 못한 채 말이다.

아침 9시가 되고 3일 천하라고 불리는 보스턴 커리어 포럼이 시작됐다. 검은 정장, 어두운 색깔의 구두, 심지어 머리색까지 맞춘 듯 개성 하나 없이 똑같은 외형의 일본인 유학생이 몇천 명씩 보스턴에 모여들었다. 자유의 땅 미국에서 열리는 취업 박람회였음에도 불구하고 모두가 무서울 정도로 절제된 모습이었다. 아마 미국인들은 이런 광경에 굉장히 의아했을지도 모르겠다. '저 외계인들은 검은 수트 별나라에서 온 건가?'라며 말이다. 그곳이 일본이었다면 자연스러운 일이라 여기고 응원의 박수를 보냈겠지만, 미국에서는 굉장히 신기한 현상으로 느껴졌을 것이다.

현장에는 수백 개의 부스가 줄지어 늘어서 있었다. 그리고 그 광경을 바라보는 학생들의 눈빛에는 절실함과 두려움이 공존하고 있었다. 동일본 대지진 이후 1년이 지난 당시만 해도 일본의 취업 시장이 꽁꽁 얼어붙어 있었기 때문이다. 보스턴 커리어 포럼은 미국 영어권에서 유학을 하는 일본인과 일본어를 할 수 있는 외국인 수천 명이 3일간 치열하게 면접을 본 끝에 내정을 받게 되는 박람회다. 내정 받는 확률도 굉장히 높기에 학생들에게는 입사 등용문으로 유명했다. 보통 일본 취업은 내정을 받기까지 짧게는 3개월 길게는 6개월까지 걸리지만 이곳에서는 3일 안에 초고속으로 내정을 받을 수 있었다. 아직 2학년인 나도 수천 명의 학생들과 같은 마음으로 여기까지 온 것이었다. 2011년 가을의 보스턴은 추웠고, 대서양의 바다에서 밀려온 눅눅한 공기는 정장 차림의 사람들 사이에 선 나를 더욱 긴장하게 만들었다.

백여 개의 기업이 참가한 박람회에서 당시 대학교 2학년이

였던 나에게 면접의 기회를 준 회사는 단 한 곳이었다. 나는 어쩌면 합격할지도 모른다는 생각에 열정 하나로 면접에 임할 생각이었다. 그러나 이것은 아주 어리석은 생각이었다. 2011년 보스턴 커리어 포럼에 참가한 회사는 2012년 4월이나 그 해에 입사할 사람을 뽑아야 했는데, 내 졸업 예정일은 2013년이었다. 그러니까 나를 합격시킨다면 학교를 다 마치지도 않은 상태로 입사를 해야 하는 상황이었던 것이다. 그러나 나는 이 사실을 깨닫지 못하고 있었다. 그만큼 일본 취업의 기본조차 모르고 있었던 것이다. 이 공식조차 모르는 외국인이 서류를 낸다고 해서 1차 합격을 시켜줄 인사 담당자는 없다. 그게 맞다. 하지만 졸업까지 2년이나 남겨둔 나를 서류 합격시켜준 곳이 있다는 것은 그야말로 기적이었다.

나를 선택해 준 그 고마운 기업의 부스에 찾아가 드디어 1차 면접을 진행했다. 인생 첫 면접이었다. 15분간 자기소개, 지원 동기, 꿈과 목표, 학교에선 무얼 공부했고 열심히 하였던 건 무엇인지 등에 대한 문답이 오갔다. 그리곤 1차 면접에 합격했다며 면접에 통과했음을 보여주는 작은 종이 하나를 주셨다. 면접관은 나에게 "2차 면접으로 가 주세요. OO시부터 진행됩니다."라고 말했다.

“え！！！！！”

주위 사람들이 모두 나를 쳐다봤다. 어떤 정신 나간 남자애가 큰 소리를 치면서 방방 뛰고 있었으니 당연히 이목을 끌 만했다. 누군가는 내정을 받은 사람이라 생각했을지도 모르겠다. 1차 면접관이었던 인사부의 두 분은 이런 나를 보면서 귀엽다며 깔깔 웃었다.

“朴さん可愛いよ(박상, 귀여워.)”

2차 면접 시간은 오후 1시였다. 두 시간이나 남았기에 나를 탈락시킨 다른 회사의 부스를 돌아보며 시간을 보냈다. 한 오픈 부스에서 큰 목소리가 들렸다. 그 오픈 부스는 유명한 엔터테인먼트 회사였다. 일본인 인사 담당자가 갈색빛의 긴 머리카락을 늘어뜨린 한 여자아이에게 큰소리를 내지르고 있었다.

“취업할 생각이 없습니까? 머리 색깔이 그게 뭡니까?”

소리가 얼마나 컸는지 오픈 부스 밖에 있는 사람들이 웅성거렸다. 잠깐의 관찰로 여자아이의 성장 배경을 알 수는 없었지만 미국에서 자유로운 학창시절을 보낸 것이 확실했다. 그게 아니라면 미국에서 태어나 자유로움을 만끽하며 자랐을 것이다. 그런 여자아이가 완전 금발도 아닌, 붉은빛이 감도는 갈색에 가까운 머리카락 때문에 큰소리를 듣고 있어야만 했다. 인사 담당자는 마치 '머리카락이 까만색이 아니라면 일본 회사에 지원해선 안 돼!'라고 말하는 것만 같았다. 문화 차이가 있다고는 하지만 일본 회사에 지원했다는 이유만으로 듣지 않아도 될 말들을 들어야 하다니.

여기는 미국이지, 일본이 아니다. 개개인의 자유와 개성을 존중하는 미국에서 이런 일이 일어나고 있다는 것에 모두 황당한 눈치였다. 고개를 숙인 여자아이 눈에 눈물이 고여 있었다. 사람들이 수군거렸고, 나는 속으로 저 회사에 지원하지 않아 다행이라고 생각했다. 일본 회사가 이렇게까지 경직된 곳이라는 걸 다시 한 번 느낄 수 있었다. 그런데 10년이 지난 지금은 그때 상황이 이해된다. 나도 그 인사 담당자처럼 일본 회사에 적응해 가는 게 아닐까. 그렇게 나는 여러 회사 부스를 돌아다니며 기념품인 볼펜과 공책, 형광펜을 챙겨 가방을 가득 채운 채로 시간 맞춰 2차 면접 장소로 향했다. 1차 면접 장소는 개방된 곳이었다면, 2차 면접 장소는 하얀 커튼으로 둘러싸여 방처럼 꾸며져 있었다.

“失礼いたします(실례합니다)。”

큰 목소리로 인사를 하고 부스 안으로 들어갔다. 회색 정장에 초록색 넥타이를 맨 몸집이 작은 남성이 앉아 있었고, 그는 자신을 부장이라고 소개했다. 부장은 돋보기 안경을 쓰고 있었는데 그 안경 너머로 환하게 웃으며 나를 반겨주었다.

“座ってください(앉으세요)。”

“왜 우리회사에 지원했나”, “학교에선 뭘 열심히 했나”, “일본어는 어디서 배웠나” 등 1차 면접과 크게 다르지 않은 이야기를 했다. 덕분에 조금의 흔들림도, 긴장도 없었다. 부장님은 나를 아주 흥미로운 눈으로 바라보고 있었다. 돋보기 안경 뒤로 언뜻 비치는 느끼하면서도 굉장히 너그러운 그 눈빛을 보며, 나는 어쩌면 이 높은 벽을 넘을 수 있을지도 모른다는 생각이 들었다. 부장님이 마지막으로 내게 물었다.

“마지막으로 할 말이 있는가?”

“회장님 밑에서 열심히 일하고 싶습니다! 사랑합니다!”

나는 아주 당당하게 말했다. 부장님은 아주 호쾌하게 웃으시고는 작은 종이를 꺼내시더니 밖에 있는 사람을 불러 나에게 마지막 3차 면접을 안내할 수 있도록 이야기해 주셨다. 나는 부스를 나가면서 몇 번이나 고개를 숙여 인사했다. 3차 면접은 15분 후였다. 그때까지만 해도 나는 이미 최종 합격이라도 한 사람처럼 내정을 받으면 1년 반 동안 뭘 하고 놀아야 하나 하는 생각에 들뜨고 기쁜 마음을 감출 수가 없었다. 그리고 정확히 15분 후, 나는 처절히 후회하게 되었다.

15분 후 나는 최종 면접 부스 앞에서 떨리는 마음을 애써 감추기 위해 진땀을 흘렸다. 드디어 면접장에 들어가자 덩치가 제법 큰 남자분이 앉아 계셨는데, 그는 자신을 임원이라고 소개했다. 나는 아주 공손히 인사를 하고 자리에 앉았다. 그분은 내 이력서를 보더니 두 손을 모은 채로 나를 바라보셨다. 너무나도 선한 인상으로 그 임원분은 나에게 이렇게 이야기했다.

"미안하지만 박군을 합격시킬 수는 없다."

기대없이 온 보스턴이었지만 지금까지 내가 그린 눈부신 미래들이 와르르 무너지는 것만 같았다. 자기소개도 하지 않은 나에게 전해진 말은 일방적인 불합격 통보였던 것이다. 당황한 나는 면접관에게 뭔가 문제냐고 되물었다. 면접관은 안경을 벗어 살며시 테이블에 내려놓으면서 얘기했다.

"박군의 졸업은 2013년 5월이지? 우리는 2012년에 입사할 사람을 찾는다네. 미안하지만 졸업 시기가 맞지 않아."

나는 도대체 김칫국을 얼마나 마신 걸까. 15분 전까지만 하더라도 내정 받고 1년 반 동안 세계일주를 하는 꿈을 꿨는데! 졸업 시기와 입사 시기가 맞지 않아 합격시킬 수 없다는 그 말 한마디에 하늘이 무너지고 땅이 꺼지는 것 같았다. 그렇게 나의 첫 보스턴 커리어 박람회는 허무하게 끝나고 말았다.

Ep 02

10년간 월급이 오르지 않는 나라

2012년 가을, 나는 다시 한 번 보스턴에 와 있었다. 그리고 최종적으로 내정을 받게 된 나는 전쟁에서 승리한 장군처럼 당당하게 승전보를 알렸다. “어머니, 아버지! 저 취직했습니다!!” 아버지는 아들이 대학교 졸업 전에 그 어렵다는 취업에 성공한 것이 너무 고맙고 자랑스럽다며 기쁨을 감추지 못하셨다.

그리고 그 자랑스러운 아들이 첫 월급을 받고 일본 골든위크(4월 말부터 5월 첫째 주까지 쉬는 아주 긴 휴가)에 일주일의 휴가를 받아 한국에 귀국했을 때였다. 일본의 대기업, 그것도 大手企業(큰손기업. 매출, 시장 지배력, 영향력이 큰 회사)에서 일하고 있는 아들이 얼마나 반가우셨을까. 아버지는 대구 공항까지 마중 나오시고는 나를 보자마자 뜨겁게 안아 주셨다. 그리고 집으로 돌아가던 차 안에서 아버지께서 내게 질문을 던지셨다. “회사는 다닐 만하냐?” 투박하고 정 없어 보이는 말투였지만 아들을 걱정하고 있다는 것만은 정확히 알 수 있는 질문이었다. 그러나 그 질문이 전혀 반갑지 않았던 나는 뭐 그런 걸 묻냐는 식으로 조금은 퉁명스럽게 말했다. “뭐, 그냥 그래요.” 하지만 취업해 일을 해 보니 자식을 위해 오랫동안 샐러리맨으로 일하신 아버지의 마음을 조금이나마 헤아릴 수 있을 것 같았다. 그러나 감사하다는 말은 입안에서만 맴돌 뿐, 차마 뱉어 내지는 못하고 말았다. 그리곤 꽤나 긴 침묵 끝에 집에 도착했다. 역시나 어머니도 환영의 포옹으로 나를 맞아 주셨다. 어머니의 환영 인사를 뒤로 하고 나는 철옹성 같은 나의 방에 들어와 깊은 한숨을 내쉬었다. 일본 회사에 입사한 후, 나는 부모님께 내 초라한 월급에 대해서는 일체 말씀드리지 못했다. 하지만 언제까지나 숨길 수는 없는 노릇이었다.

세계 경제 3위, 대외 순자산 1위의 일본. 분명 표면적으로 국가는 부자인데, 아이러니하게도 국민은 가난한 나라였다. 내가 초등학생이었을 때 분명 어머니께서 해 주신 말씀이었다. 그리고 가난한 나의 월급은 100엔을 1,000원으로 계산했을 때 기본급이 205만 5,000원이다. 신입사원의 사기 저하와 퇴사 런을 막기 위해 회사에서는 세 달간 신입사원에게 잔업을 시키지도 않았다. 덕분에 나의 월급 명세서에는 너무나도 깔끔하게 떨어지는 기본급 액수만이 위풍당당하게 쓰여 있었다.

게다가 얼마 되지도 않는 나의 월급에서 병원비를 낮춰 주기 위한 건강보험료 8만 7,000원, 내 노후를 위한 후생연금비 16만 7,660원, 회사에서 스트레스 과다로 쓰러져도 날 도와줄 고용보험료 1만 270원, 쥐꼬리만한 월급도 소득이라고 소득세 4만 9,200원, 입사한 지 한 달밖에 안 돼서 아직까지 눈치만 보는 신입사원이 무슨 친목을 하는지는 모르겠지만 친목회비 7,500원, 온돌이 없어 냉기가 바닥에서 그대로 올라오는 7평도 안 되는 크기의 방이지만 그나마 굉장히 혜택을 받고 있는 기숙사비 19만 원, 그리고 누구도 설명해 주지 않는 이유 모를 3,900원이 빠져 나가고 없었다. 그렇게 내 월급 통장에는 153만 9,470원이라는 액수가 찍혀 있었다.

첫 월급을 받은 날의 복잡한 감정은 10년이 지난 지금까지도 기억을 하고 있다. 태어나 처음으로 한 회사의 정직원이 되어 이등병이었을 때보다 더 많이 긴장하며 보낸 한 달이었다. 깔끔한 정장 차림으로 아침 8시에 출근해 저녁 5시 반에 퇴근하기까지 그야말로 피 말리는 하루하루를 보낸 대가가 고작 153만 9,470원이었다. 그것도 일본 내에서 항상 시가 총액 15위권 안에 들고, 한국에서 소위 대기업이라고 말하는 회사가 나에게 준 첫 월급은 정말 충격적이었다.

심란한 마음을 달래고 거실로 나왔을 때, 아버지는 건조한 헛기침을 하시며 자랑스러운 아들의 성적표를 기다리는 눈치였다. 나는 적군의 적장에게 붙잡힌 장수처럼 정좌를 하고 먼저 전리품과도 같은 빨간 내복과 양말을 전달한 다음 솔직하게 말하기로 결심했다.

"허허, 일본에도 빨간 내복을 파는구나. 그래, 월급은 얼마나 된다고? 여보, 알아요?"

"왜 애가 오자마자 돈 이야기예요, 애 풀 죽게."

"세계를 호령하는 회사인데 풀이 죽긴 왜 죽어."

"아버지, 실은 아들내미 월급이 그렇게 떳떳하게 자랑할 만큼의 금액은 아닙니다."

아버지는 내 얘기를 듣고는 친구 아들 얘기를 꺼내셨다. 삼성에 들어간 강원도 친구분의 아들, LG에 들어간 전라도 친구분의 아들, SK에 들어간 충청도 친구분의 아들 이야기까지. 그리고 곧 날카로운 한마디가 이어졌다.

"LG, SK보다 시가 총액이 큰 회사인데, 어째서 월급이 더 적은 것이냐."

"그러게 말입니다…"

내 말을 못 믿으시던 아버지는 내 통장을 보시고서야 현실을 받아들이셨고, 우리 부자는 한동안 말이 없었다.

그리고 시간이 흘러 휴가가 끝나고 나는 다시 나라는 부자이지만 국민은 가난한 일본으로 돌아가야 했다. 공항에서 아버지는 나에게 하얀 봉투 하나를 내미셨다. 가난한 사회인 아들에게 아버지가 주는 자그마한 월급이라고 하셨다. 나는 지갑은 가난하지만 자긍심이 있는 남자였기에 아버지에게 하얀 봉투를 돌려드렸다. 아버지는 내가 보스턴에서 내정을 받았을 때보다 더 환한 미소로 "다 컸구나, 우리 아들!"이라고 말씀하셨다. 여기까지가 결코 잊을 수 없는 10년 전의 이야기다. 10년 동안 나는 정말 회사 생활에 충실했고, 열심히 일했다. 그런데도 나는 아직까지도 내 월급 명세서를 보며 고개를 갸웃거리고 있다. 그리고 오랜만에 내 첫 회사의 채용 공고를 확인해 보았다. 나는 내 눈을 의심했다.

2022년 신입사원 채용. 기본급 212만 5,000원.

10여 년간의 세월 동안 신입사원 기본급이 7만 원 밖에 오르지 않은 것이다. 나라는 점점 부자가 되어 가는데 국민은 여전히 가난한, 10년간 월급이 오르지 않는 나라. 이 전형적인 자본주의 사회에서 사회 초년생들은 또 어딘가에서 한숨을 내쉬고 있진 않을까. 그리고 그들의 부모님 역시 아들 혹은 딸이 측은해 흰 봉투를 건네시지 않을까 싶어 씁쓸한 웃음을 짓고 말았다. 자녀의 월급 통장을 보며 가슴을 치게 되는 건 한국인 부모나 다른 외국의 부모나 마찬가지이리라.

잃어버린 10년이 20년, 30년으로 이어지면서 오르지 않는 물가는 일본 경제의 고질적인 문제가 되었다. 이것은 일본 경제에 디플레이션을 형성했고, 물가에 비례해 월급이 오르지 못하면서 신입사원의 월급이 10년 전과 다를 바 없는 현상이 일어나게 된 것이다. 저가 상품의 인기가 높다 보니 회사에 돌아가는 이익은 줄어들고, 이익이 줄어드니 회사는 투자를 할 수가 없어지고, 투자를 못하게 되면서 회사가 성장하지 못하고 결국 경제가 침체되는 악순환의 고리를 도저히 끊을 수가 없는 것이다. 어쩔 수 없는 사회적인 현상이라지만 왜 나의 지갑 사정마저 피해를 봐야 하는 걸까 싶어 기분이 썩 유쾌하지만은 않다.

Ep 03

일본 지폐 속 인물 이야기

내가 일본에 처음 온 것은 2004년이었다. 당시만 해도 일본이라는 나라로 여행을 가기 위해서는 비자가 있어야 했기에 반항기 넘치는 눈빛에 고등학교를 막 졸업한 남자는 인생 첫 해외여행을 위해 여권보다 더 생소한 일본의 비자를 발급받았다. 어머니는 외동아들이 걱정되셨는지 50만 원 남짓 되는 일본 지폐를 나에게 건네주셨다.

"가가라." (가지고 가거라. *대구 방언)

"이게 뭐고. 돈이가? 말라고, 이런 걸." (뭐예요. 돈이예요? 뭘 이런 걸. *대구 방언)

나는 아들을 처음 미국이 아닌 다른 나라로 보내는 어머니의 걱정이 가득 든 흰 봉투를 받아 침대 위에 툭 던졌다. 그러다 문득 봉투 속의 내용물이 궁금해졌다. 트로트 가수처럼 7:3 가르마를 타고 덥수룩한 콧수염을 기른 남자가 그려진 지폐가 20장, 역시나 7:3 가르마와 뽀로로의 안경처럼 원형 안경을 낀 풍채 좋은 중년 남성이 그려진 지폐가 4장, 고지식한 외모에 일본의 전통 의상을 입고 근엄한 표정을 짓고 있는 남자가 그려진 지폐가 1장 들어 있었다. 나는 그제야 방문 사이로 얼굴을 빼꼼 내밀고, 어머니에게 고맙다는 인사를 전했다. 그런데 거실에 계시던 아버지께서 갑자기 나를 불러 앉히셨다.

"야야, 여 앉아 봐라." (아들아, 여기 앉아 보아라. *대구 방언)

아버지는 어머니께 받은 봉투를 내놓으라는 식으로 손을 내미셨다. 나는 필사적으로 고개를 내저었다. 아버지는 그런 나를 보시고는 일본 지폐에 대해 알려주실 것이 있다며 나를 달랬다. 먼저, 7:3 가르마에 덥수룩한 콧수염을 가진 잘생긴 중년 남자는 '나쯔메 긴노스케'라는 사람이라고 했다. 아버지는 책장에서 '나는 고양이로소이다'란 책을 꺼내 들고는 이 책을 쓴 작가라고 덧붙였다. 어릴 때 몇 번이나 읽은 책의 작가가 지폐에 찍혀 있단 사실에 나도 모르게 탄성을 내뱉었다. "이 지폐는 세종대왕님이 그려진 지폐와 같은 가치를 지니고 있다." 20장이나 되는 1,000엔이라는 지폐의 무게가 조선시대 최고의 발명가이자 조선의 왕들 가운데 가장 많은 사랑을 받는 분이 새겨진 돈과 그 가치가 같다는 얘기에 20장이 마치 200장처럼 느껴졌다.

두 번째로는 7:3 가르마에 살집이 오른 얼굴을 가진 사람이 그려진 5,000엔짜리 지폐였다. 아버지는 이번에도 역시 책장으로 가시더니 '무사도' 책을 옆에 두시고는 그 책을 쓴 사람이라고 설명해 주셨다. 나는 어릴 때 검은 도복에 이끌려 검도를 시작했었다. 그리고 언제부턴가 책장에 꽂혀 있던 단행본 한 권에 시선이 갔었다. 톰 크루즈가 일본에 떨어진 서양인으로서 사무라이들과 모험을 한다는 내용의 영화 '라스트 사무라이'였다. 이 영화를 본 후로 간혹 무사도를 읽곤 했는데, 그 책을 쓴 사람이 5,000엔짜리 지폐의 주인공이라는 사실이 놀라웠다. 우리나라 지폐에 있는 위인들이 조선시대의 양반인 만큼 일본 지폐에 있는 사람들 역시 비슷한 지위의 분들이라고 생각했는데 생각과는 달랐던 것이다. 하지만 생각해 보면 지폐에 토요토미 히데요시가 그려져 있었다면 조금 끔찍했을 것 같긴 하다.

세 번째로는 10,000엔짜리 지폐였다. 무슨 일인지 아버지는

TV 아래에 찍힌 상표를 가리키셨다. 나는 혹시나 하는 마음에 "이분도 책을 쓰신 분인가요?"라고 물었다. 하지만 아버지께서는 고개를 저으시며 "저 삼성 TV를 만든 회사의 사장의 첫째 아들이 다닌 대학원을 만든 사람이다."라고 말씀하셨다. 현재 삼성 그룹의 故 이건희 회장의 첫째 아들 이재용 부회장이 나온 게이오기주쿠 대학을 설립한 사람이라는 것이었다. 아마도 아버지께서는 모자란 아들에게 가장 쉽게 설명하기 위해서 TV 상표를 가리키신 것이 아닐까 싶다. 그리곤 공책에 天は人の上に人を造らず 人の下に人を造らず(번역: 하늘은 사람 위에 사람을 만들지 않았고, 사람 아래 사람을 만들지 않았다.)라는 문장을 쓰시더니 이 말로도 유명한 분이라며, 중간고사에서 일본어 점수 35점을 맞은 나에게 아주 친절하게 말씀해 주셨다.

이렇게 아버지에게 짧고 굵은 일본 지폐의 인물 강의를 들은 나는 지폐들을 허겁지겁 흰 봉투에 다시 집어넣고 방으로 돌아갔다. 다시 한 번 침대 위에 던져진 봉투의 무게가 더 무겁게 느껴졌다. 하지만 2024년에는 이 인물들이 있던 지폐는 역사 속으로 사라지고, 새로운 인물들이 지폐를 장식하게 될 것이다. 그때 나는 우리집 7:3 가르마 중년에게 일본 지폐 속 인물 이야기를 다시 한 번 들어볼 계획이다.

그리고 나는 우리나라 지폐에 새겨진 위인들을 떠올렸다. 지폐는 그 무게가 겨우 1g에 지나지 않지만 존재감만으로 무게를 따진다면 세종대왕님이 새겨진 만 원짜리 지폐만큼은 이 세상 그 어느 지폐보다도 묵직한 무게감을 자랑할 것이 분명했다. 외국에 살다 보면 사소한 것에도 애국자가 된다고 하지만, 세종대왕님을 생각하는 마음은 그 이전부터 컸던 나였다. 대한민국이란 나라에 그야말로 엄청난 영향을 미친 인물이기 때문이다. 특히나 한글 창제라는 위업은 가히 대적할 상대가 없을 정도다. 일본에 다시 돌아온 지금, 나는 오늘도 7:3 가르마 중년들이 가득한 일본 지폐를 바라보며 두 나라의 위인들을 다시 한 번 떠올려 본다. 그리고 매일 그 의미를 생각하며 돈을 가치 있게 쓰자고 다짐하고 또 다짐한다.

Ep 04

뒤섞인 종교 문화와 인간의 모습을 한 신이 사는 나라

일본에서 친구 혹은 회사 동료들과 회식을 할 때면 암묵적으로 서로 이야기하지 않는 주제가 세 가지 있다. 바로 일본 천황, 정치, 종교에 대한 이야기다. 일본 천황의 이야기는 터부시되는 것이 당연하고, 정치 이야기는 어느 나라나 조심하는 이야기이고, 종교 이야기는 웬만하면 하지 않게 되는 것이 일반적이다. 그러나 여기서는 아주 조심스럽게 종교 이야기를 해볼까 한다. 특히나 일본이 종교에 있어서 얼마나 개방적인 마인드를 가졌는지 짚어 보고자 한다.

일본에서 10번 정도의 결혼식에 참석하면서, 또 내가 직접 결혼을 하면서 느낀 점이 있다. 지인들은 열이면 열 모두 성당 또는 교회에서 결혼식을 했다는 것이다. 그런데 그 결혼식의 주인공들이 천주교인이나 개신교인인가 하면 또 그렇지도 않았다. 그럼에도 불구하고 매번 목사님 혹은 신부님이 주례 역할을 하곤 했다. 그리곤 일본어로 축사를 읽고, 마지막에 '아멘'이라고 말하는 것을 보고 굉장히 의구심이 들었다. 내가 관대하지 못한 건가 싶었지만, 아무래도 종교의 성스러움을 기만하는 것 같다는 생각이 들었다. 개신교와는 그 어떤 관계도 없는 사람들이 예수님에게 결혼 생활에 대해 맹세를 한다는 게 이상했던 것이다. 그러면서 장례식에는 스님을 모셔 염불을 외우는 게 아닐까 하는 생각도 했다. 예수님도 아마 이런 반응을 보이셨을 것 같다.

'어.. 그래..'

유일신 개념이 강한 개신교와는 달리 일본인들은 오히려 크게 상관하지 않거나 관심이 없는 것일 수도 있다. 그러나 나의 경우는 달랐다. 웨딩 플래너에게 신부님을 모셔와 진행하는 결혼식을 권유 받기도 했지만, 20여 년간 교회에 진심이었던 적이 없었던 내가 단 한 순간을 위해 예수님에게 맹세를 하는 것이 내 신념으로는 납득이 되지 않았다. 그래서 모든 옵션을 빼고, 결혼식장 안에 있던 십자가도 큰 화환으로 가린 채 결혼식을 진행했다. 나중에 이런 소문을 들었다. 결혼식에 오시는 신부님 혹은 목사님은 실제로는 성직자 자격증이 없이 그저 짜인 각본대로 연기를 하는 외국인 아르바이트생이라는 이야기였다. 종교도 상업적으로 소비되는 것일까. 아니면 이것도 하나의 문화일까. 재미있기도, 또 씁쓸하기도 했다.

반대로 생각하면 개신교 신자가 일본 전통 결혼식을 하고, 신관이 주례를 보는 식이다. 이상하지 않은가. 하지만 일본에서는 불교 집안이나 신토 집안이라고 하더라도 크게 문제시되지 않는 듯했다. 그리고 실제로 개신교 집안 사람들이 일본 전통 복장을 입고 신사에서 참배를 하기도 한다. 이것 또한 문제시하지 않는 것이 일본인이다. 아마도 부처님, 예수님, 알라신은 나보다 훨씬 넓고 깊은 마음으로 일본인들을 이해하고 계실 것이다.

그렇다면 한국은 어떨까. 기독교인 집안에서 불교식 결혼식을 하거나 평생 불교 신자인 가족들이 결혼식을 위해 성당이나 교회에 가서 아멘을 제창하는 일은 없을 것이라 생각한다. 그러나 아시아의 동쪽 끄트머리에 있는 일본이라는 나라는 참 재미있게도 종교 통합이 이런 것인가 싶을 정도로 굉장히 특이하고 끔찍한 혼종 종교가 존재하는 나라다. 예를 들어 보겠다. 일본은 아이가 태어나면 신사에 가서 아이의 건강을 기원하는 お宮参り(신사 참배)를 한다. 결혼식은 어떨까. 자신

이 불교 신자라고 하더라도 신부님 혹은 목사님을 모셔와 교회나 성당 같은 곳에서 십자가를 앞에 두고 결혼식을 올리는 경우가 많다. 장례식에는 다시 스님이 와서 불경을 읊고, 참여하는 사람들은 염주를 센다. 그리고 경우에 따라 집안에 금박을 씌운 제단을 설치해 매일같이 향을 피우는 가정도 있다. 이것이 아주 일반적인 일본의 종교 문화이다. 물론 여기에 해당되지 않는 경우도 많다. 내 친구 중 한 명은 일본인 개신교 신자인데, 이 친구는 아이가 태어났을 때 신사 참배를 하지 않았고, 조부모가 돌아가셨을 때도 기독교식 장례식을 치렀다고 한다. 그러니 모든 일본인들에 대한 이야기는 아니라는 것을 짚고 넘어가고 싶다.

그러나 부처님, 예수님 그리고 알라신 외 다양한 신들이 '이건 대체 뭐지?'라고 반문할 만한 종교적 행동이 번연하게 일어나는 곳이 일본이라는 사실에는 변함이 없다. 왜 그럴까? 일본은 역사적으로 불교 문화를 받아들인 나라고, 400여 년 전에는 서양과의 교류를 통해 기독교와 천주교가 전파되기도 했다. 똑같은 종교를 받아들였음에도 불구하고 왜 다른 나라와는 다른 길을 걷게 되었을까 하는 의문을 항상 품고 있었다.

개인적으로 그 답을 찾자면, 아마도 최근 100년 전까지만 해도 메이지시대의 일본은 메이지 일본 천황을 신이라고 생각했다는 점이 영향을 미치지 않았을까 싶다. 제2차 세계 대전에서 패전국으로 전락하면서 '천황은 곧 신이다'라는 생각이 많이 옅어졌고, 현재는 한 국가의 상징적인 존재라는 인식이 강하게 자리잡긴 했지만 아직까지도 일본 왕족을 우리와 똑같은 인간으로 생각하고 있지는 않은 듯하다. 일례로 일본 왕족들은 외부인과 결혼을 해서 출가하지 않는 이상 성(姓)을 가지지 않는데, 이 또한 그런 이유 때문이 아닐까. 우리나라로 생각하면 일본 왕의 이름이 철수라고 하면, 김철수, 박철수, 이철수처럼 성이 있는 게 아니라 그냥 철수인 것이다. 이렇게 인간의 형태를 하고 있는 신이 있기 때문에 다른 신을 모시는 종교는 종교인 듯 종교 아닌 종교 같은 것이 되어 버리지 않았나 싶다. 종교라기보단 그저 하나의 문화로 받아들이는 것이다.

Ep 05

스펙보다 사람을 보는 일본 취업, 진심은 항상 통한다

나는 2022년 1월까지 약 3년이 넘는 시간 동안 일본 취업 유튜브를 운영하며 수백 명의 일본 취업 준비생들을 만났다. 다들 나름의 스토리가 있는 학생 또는 사회인이었다. 대부분은 한국 취업이 너무 어려우니 하나의 대안으로 일본 취업을 고려하고 있었다. 가장 기억에 남는 사람이 있어 동의를 구하고 그 이야기를 해 볼까 한다. 유튜브를 1년 정도 하고, 구독자가 1,000여 명이 넘었을 때쯤 개인 메시지를 하나 받았다.

A　　샌님, 나 일본 취업하고 싶어요. SAVE MY LIFE. 안 도와주면 딜 넣을 거야!

참으로 당황스러웠지만, 어쩔 수 없이 그를 돕게 되었다. 그는 27살에 학점 2.5, 토익 700점의 모쏠 오타쿠였다. 대학 4년 동안 온라인 게임밖에 한 일이 없다고 했다. 참담했다.

나 솔직히 말해서 일본 취업은 좀 어려울 것 같습니다.

A 아니, 일본 취업은 학점, 자격증, 학벌 다 안 본다면서요.

나 아니.. 어느 정도여야죠. 4년간 게임밖에 안 하셨다면서요.

A 내가 내 돈 주고 피씨방 갔는데 샌님이 뭔데요?

나 네. 그럼 장점은 있으세요? 가고 싶은 업계는요?

A 가고 싶은 업계는 게임업계 종합직입니다.

나 아. 종합직 정말 어려운데..?

A 잘하는 건 게임 레벨 올리기입니다!

얘기는 이렇게 시작됐다. 그는 오직 게임만 했다. 게임을 하면서 배운 것이 있다면 영어와 일본어였다. 영어는 게임으로, 일본어는 애니메이션으로 배웠다고 했다.

나 왜 일본 취업이 하고 싶은 건가요?

A 어릴 때부터 일본 게임을 많이 했고, 그때부터 일

본이라는 나라를 알게 되면서...

일본 취업을 준비하는 사람들은 다들 다른 이유를 가지고 있다. 그 이유가 도피가 될 수도 있고, 꿈이나 목표 또 사랑이 그 이유가 되기도 한다. 그럼에도 보통 일본 취업의 이유를 물어보면 열에 일곱은 한국에서의 취업이 어려워 일본 취업을 생각하게 됐다고 답한다. 그런데 이 사람은 그와는 전혀 다른 대답을 내놨다. 그리고 그 후로 그의 일본 취업을 돕는 내내 그는 단 한 번도 한국 취업이 어려워 일본에서 취업할 것이라는 이야기를 하지 않았다. 그는 일본 게임 업계 한 곳을 목표로 했고, 그 이유가 납득이 될 만큼 명확했다. 그때부터였다. '내가 사람을 잘못 봤구나. 이 사람이 진짜 일본 취업에 적합한 사람일 수도 있겠다.' 싶었다.

일본 취업에 성공하기 위해서는 먼저 내가 일본에 일해야 하는 이유를 남들이 납득할 수 있는 스토리로 만들어야 한다. 왜 미국이 아니라 일본이어야 하는가? 왜 굳이 한국을 떠나서까지 일본에서 취업을 해야 하는 건가? 왜 홍콩이나 유럽이면 안 되고 반드시 일본이어야 하는가? 되도록 구체적이고 다른 사람이 들었을 때 납득이 되도록 설명할 수 있어야 한다.

나 ES는 아시죠?

A 압니다.

나 거기에 보통은 자신의 강점이나 학교에서 열심히 했던 것을 서술해야 하는데, 게임밖에 안 하셨죠..? 경연대회라든지 봉사활동, 아르바이트 같은 경험은 없으세요?

A 네, 없습니다. 게임이 저의 강점입니다. 누구보다도 열심히 하고, 빨리 성장시킵니다.

나 음. 게임 레벨 잘 올리는 게 장점이면.. 레벨업한 방법을 설명해 주시겠어요?

그때부터 그의 이야기가 굉장히 길어졌다. 그는 게임을 그냥 놀이로 생각하지 않았다. 정보 수집부터 각 캐릭터의 강점과 약점, 타 프로 게이머들의 테크닉 등 모든 것을 분석에 기반해 레벨업해 온 진짜 전문가였던 것이다. 게임 강대국인 대한민국에 당신같은 사람이 수만은 된다고, 일본 취업을 이렇게 가볍게 생각해선 안 될 것이 뻔하다고, 그나마도 운이 엄청 좋아야 일말의 가능성이 있다고 생각했던 것이 미안할 정도였다.

게다가 하루 중 게임에 쓸 수 있는 리소스(시간)와 함께 자신이 게임에 얼마나 집중할 수 있는지 등의 분석과 배분에 대한 이야기를 내가 이해하기 쉽도록 수치로 설명했다. 전혀 모르는 게임이었지만 그 사람의 이야기를 듣고 그대로 하면 나도 왠지 프로게이머가 될 수 있을 것만 같았다. 그 정도로 분석과 해결 방안까지도 썩 표현을 잘 해내는 것이었다. 알고 보니 게임과 함께 독서를 취미로 삼고 있었다. 덕분에 이야기를 구조화하고 설명하는 방법을 배울 수 있었다고 했다. 속 빈 강정일 줄 알았던 처음의 이미지가 확 바뀐 순간이었다. 조금만 다듬으면 일본 취업이 정말로 가능할지도 모르겠다는 생각이 들었다.

스토리를 만들었다면 이제 자신의 스토리를 사람들에게 어필할 수 있어야 한다. 문제점을 인식하고 그에 대한 해결책을 마련할 때 어떤 솔루션을 이용했는지, 또 결과는 어떠했고 실패했다면 어떻게 재도전했는지 재미있게 이야기할 수 있어야 했다. 그는 그것이 가능한 사람이었다. 게다가 완벽하지는 않지만 수치를 곁들여 일본어로 설명할 수도 있었다. 물론, 그의 스토리텔링이 화려한 수상 경력의 로드맵도 아니었고, 아르바이트나 인턴을 하며 경험한 불편 또는 문제 사항을 개선한 아이템도 아니었다. 그저 4년간 PC방을 열심히 다녔고, 그만큼 게임을 열심히 한 썰이었다. 그것만으로 스토리텔링을 한다는 것에 나는 굉장히 큰 감명을 받았다. 일본 취업에서는 사람들이 나의 경험에 귀를 쫑긋 세우고 듣게 하는 것이 굉장히 중요한데, 그가 내 이목을 끈 것이다.

어쩌면 사람들은 '나 토익 900점이오', '나는 이런 국가 자격증이 있소'하는 흔해 빠진 이야기보다 그의 이야기에 더 귀를 기울일 것 같았다. 왜냐하면 실제로 문제점을 개선하고 해결한 경험은 자격증 한 장보다 회사 업무에서 수십, 수천 배의 영향을 미칠 수가 있기 때문이다. 가끔 일본 취업 상담을 하다 보면 자신은 아무것도 한 것이 없다고 이야기하는 분들이 은근히 많다. 하지만 정말 그럴까? 인생을 살면서 무언가에 전념한 것이 정말 없을까? PC방에 다녀 게임만 한 사람도 자신이 열중한 것에 대해 스토리텔링을 할 정도인데 말이다. 나는 모든 사람들에게 저마다의 스토리가 있다고 생각한다. 사람들은 똑같은 사회 제도 안에서도 누구나 다른 모습으로 살아가고 있기 때문에 그 중에서 자신의 심장이 가장 뛰었던 일에 대해 자신 있게 스토리텔링만 할 수 있다면 아마도 일본 취업의 반은 성공한 것이라고 생각해도 좋다. 적어도 나는 그렇게 생각한다.

그를 알고 얼마 지나지 않아 코로나가 터졌고, 기업들도, 취업 준비생들도 힘든 시간을 보내고 있었다. 나는 화상전화로 여전히 그와 소통했다. 그는 결국 서류 합격이라는 쾌거를 이뤄냈다. 그리곤 면접 일정이 나오면 하나하나 나에게 물어보고 결정했다.

A　면접 시간은 점심 먹기 전이 좋아요? 먹고 나서 할까요?

나　점심을 먹고 난 후에는 여유가 생기니 점심 먹고 하는 걸 추천드려요.

두 곳의 면접 일정이 정해지고, 이제 면접에 대한 이야기를 시작해야 했다. 거의 일주일에 한 번씩 음성 통화를 하다가 처음으로 영상 통화를 하게 됐다. 그의 화면 안에는 한쪽 벽면을 가득 채울 만큼 다양한 만화와 게임 속 여자 캐릭터의 피규어와 포스터가 보였다.

나　면접 연습은 어떻게 할까요?

A　저는 여자친구랑 합니다.

나　여자친구 있어요? 일본인이에요?

A　네, 아유미라고 일본인이에요. 이야기하실래요?

나　네? 부모님이랑 살지 않나요?

그러면서 나에게 보여준 여자친구는 금발의 소녀가 프린트되어 있는 다키마쿠라(안는 베개)였다.

나 그게. 여자친구입니까.

A 문제 있어요?

나는 빨리 화제를 돌려 모의 면접을 진행했다. 외모가 비호감은 아니었다. 그런데 음성으로는 말을 잘하던 이 사람은 막상 대면하니 아이 콘택트를 하지 못했다. 자꾸만 바닥 혹은 옆을 보면서 이야기했다.

나 면접에서는 미소 유지하시고요. 말을 할 때는 아이 콘택트하면서 자신 있는 톤으로 이야기하세요. 전혀 그렇게 안 하고 있으세요.

A 샌님, 그거 어려운 거예요. 샌님은 엄청 쉽다고 말씀하시는 게 사실 엄청 어려운 거라는 걸 모르시는 것 같아요.

나 아유미짱 볼 때처럼 웃으면서 말하면 돼요. 아니, 답답하네. 소스도 좋고 일본어도 그 정도면 잘하는데.

그는 조용히 고개를 끄덕이면서 알았다고 했다. 가벼운 미소와 아이 콘택트는 화상 면접뿐만 아니라 대면 면접에서도 아주 중요한 포인트다. 실제로 부드러운 첫인상은 면접의 80%를 좌지우지한다고 한다. 상대방이 난처한 질문을 하더라도 당황하지 않고 부드러운 표정을 유지하는 게 중요하다. 그러기 위해서는 정말 많은 연습이 필요하다. 또 철저한 준비가 필요한 부분이 있다. 기본적인 질문에 대해서는 누군가가 툭 치면 0.1초만에 대답이 가능할 정도로 익숙해져야 한다. 그래야만 실전에서 더 자신 있게 말할 수 있다. 면접이 일본어로 진행되기 때문에 자신감이 떨어지기도 할 것이고, 회화에 뛰어나다고 해도 원어민처럼 말하기가 어려운 게 사실이다. 그러나 면접관은 여러분에게 완벽한 일본어로 말하기를 원하지 않는다. 자신감 있고 적극적인 자세를 원하고, 또 노력하는 모습이 보이면 조금 어설픈 일본어는 충분히 커버가 가능하다고 본다. 그렇게 며칠이 지나고 그 사람에게서 연락이 왔다.

A 샌님, 저 1차 합격이요.

나 오! 축하해요! 아이 콘택트했어요?

A 아뇨? 안 했는데요?

나 …그럼 또 바닥 쳐다보면서 정수리만 보여주셨나요?

나 아뇨, 카메라 옆에 아유미짱 사진 붙여 두고 아유미짱 사진 보면서 말했어요. 웃음이 절로 나던 데요?

그렇게 그는 아유미짱을 카메라 옆에 붙여 두고 그 캐릭터 여자친구를 바라보며 면접을 본 것이다. 아마 면접관들은 그가 자신들을 보며 흐뭇하게 웃는다고 착각하고 그에게 높은 점수를 주었을 것이 분명했다. 그렇게 그는 아홉 곳의 게임 회사에 지원 서류를 내고, 무려 세 곳에 당당히 합격했다. 나는 그 사람을 보면서 그가 합격할 수 있었던 이유를 크게 3가지로 꼽았다.

1. **질문에 자신 있게 논리적으로 답한다.**
2. **하고 싶은 일이 명확하다.**
3. **자기 자신을 너무 잘 알고 있다.**

처음에는 빌런인 줄 알았던 그는 방구석 여포이자 상대방의 얼굴이 보이지 않으면 혼을 쏙 빼놓을 정도로 매력적인 스토리를 풀어내는 사람이었지만, 실질적으로는 사람과 눈을 마주치며 이야기하는 것이 어려운 남자였다. 그런데 시간이 지나고 그가 성과를 내면서 나는 그가 다키마쿠라 아유미짱을 껴안고

침을 질질 흘리며 자는 오타쿠일지라도 게임과 캐릭터를 진심으로 사랑하고 그것을 자신의 일로 만들고자 하는 열정이 있다는 것을 느낄 수 있었다.

그래서 나는 독자분들께 이런 말을 하고 싶다. 혹시 하고 싶은 일이 있고 정말 그 일을 사랑할 자신이 있다면 생각보다 적은 월급에 미래가 불투명하다고 하더라도 도전해 보길 바란다. 사랑하지 않는 일을 하며 살지는 말라는 것이다. 그것이 얼마나 현실을 슬프게 만드는지 너무나 많이 봐 왔고, 특히 한국이 아닌 해외에 나가서까지 돈과 커리어만 보고 사랑하지 않는 일을 하는 건 스스로를 너무나 지치게 만드는 일이 아닐까 생각한다. 그러니, 반드시 하고 싶은 일을 하시길 바란다. 만약 하고 싶은 일이 돈을 못 버는 일이라면 사랑하는 일과 최대한 관련성이 높은 일을 하시라고 진심으로 권하고 싶다.

Ep 06

일본에서 '재일 조선인'으로 산다는 것

오사카, 도쿄, 나고야 등 일본의 번화가에 가면 볼 수 있는 풍경 하나가 있다. 흔히 우익단체라고 불리는 사람들이 이해할 수 없는 한자로 뒤덮인 검은 차를 끌고, 사람 머리보다 세 배는 큰 확성기를 통해 아주 우렁찬 목소리로 고래고래 소리를 질러 대는 모습이다.

조선인들은 돌아가라

중국 공산당은 돌아가라

양키는 죽어라

일본어를 알아들을 수 있다는 게 원망스러울 만한 말들이다. 당연히 일본에 사는 외국인이나 일본인들은 모두 눈살을 찌푸리고 만다. 나는 그런 헤이트 스피치(Hate Speech)를 들으면 일본의 요괴인 텐구처럼 얼굴이 빨개지기 때문에 주변 사람들이 나를 피하곤 한다. 그리고 나는 오사카에서 제일 좋아하는 가정집 스타일의 카레집 사장님을 떠올린다.

'이라샤이마세'

'아저씨, 김치 카레 쿠다사이!'

가게에 들어서자마자 주방이 훤히 보이는 구조에 주인 아저씨와 눈이 마주친다. 정리되지 않아 듬성듬성 자란 수염, 귀신이라도 때려잡을 것 같은 짧은 해병대 머리까지 영락없는 중년의 남성이었지만 누가 봐도 한국 사람임을 알 수 있는 외모의 소유자였다. 아저씨는 자신이 재일교포 3세라고 했는데, 그의 눈가에는 재일교포의 한이 서린 듯한 주름이 가득했다. 그럼에도 손님들에게는 언제나 밝게 웃어 주셨는데, 그때마다 이상하게도 눈가의 주름은 더 슬퍼 보였다.

처음 이 아저씨를 알게 된 건 3차 회식 장소로 왔을 때였다. 그때도 역시나 눈가의 깊은 주름과 환한 미소로 주방에서 요리를 하고 계셨다. 그런데 마침 TV에서 헤이트 스피치에 대한 정보 방송이 나왔다. 그리고 곧 내 귀를 의심할 만한 말이 들려

왔다.

"우리 아이들을 위해서라도 조선인은 죽어야 해!"

'아니, 내가 지금 뭘 들은 거지? 너무 심하잖아!' 나는 내 귀를 의심하며 생각했다. 내 마음속에서 아저씨는 절대로 용서할 수 없는 사람으로 기억되려 했다. 나는 화가 머리 끝까지 차올라 '가족과 민족 이야기는 하지 마시죠?'라고 말하려 할 때, 옆에서 차장님이 나를 잡았다. 그리곤 고개를 저으며 이성을 되찾으라는 무언의 액션을 취했다. 하지만 내 민족을 욕하는데 도대체 내가 왜 참아야 하는 걸까 싶어 내 얼굴은 레벨업된 텐구로 변해가고 있었다.

'자, 슬슬 집에 가자.'

부장님이 자리를 뜨면서 팀원들도 막차 시간에 맞춰 하나둘 자리에서 일어나기 시작했다. 회식 자리에는 어느새 나 혼자 남아 있었고, 나는 팀원들이 각자 자리에 올려 둔 현금을 주섬주섬 챙겨 계산을 하기 위해 자리에서 일어났다. 손님이 모두 떠난 가게 안에는 적막만이 흘렀고, 주인 아저씨는 계산대 앞에 서 있었다.

'한국인?'

아저씨는 투박한 일본어로 텐구 얼굴을 하고 있는 나에게 물음을 던졌다. 나를 바라보는 눈빛에서 슬프고 고달픈 인생이 잠깐 엿보였다.

'방금 전에는 미안'

'미안'이라는 단어에는 차마 말로 표현할 수 없는 서글픔이 담겨 있었다. 재일동포 3세로서 일본 국적도, 대한민국 국적도, 북한 국적도 아닌, 조선의 국적을 가진 중년 남자. 스스로를 '죽어야 한다'고 말할 수밖에 없을 만큼 그는 오랜 세월 동안 손톱 밑에 가시가 박힌 듯 작지만 큰 고통을 느끼며 살아왔을 것이 분명했다. 너무 오랫동안 꺼내지 못하고 마음속에 품고만 있었기에 이제는 스스로 아픔인 줄도 모르고 살아가다 주변에 더 큰 상처를 내야만 하는 사람. 나는 그를, 그의 마음을 조금은 이해할 수 있을 것 같았다.

나도 약 17년간의 해외 생활 속에서 보이지 않는 차별을 견

디고 또 견뎌내야 했다. 결코 쉽지 않은 시간이었다. 그런 나였기에 그의 얼굴에서 나보다 훨씬 더 묵직한 세월의 무게가 그를 짓눌러 왔다는 것을 느낄 수 있었다. 약 50여 년간 그리고 아저씨의 부모, 조부모까지 약 100여 년이 넘는 시간의 무게 속에서 얼마나 힘든 삶을 살아오셨을까. 그 차별과 역경 속에서도 일본이라는 나라를 버리지 않았고, 대한민국이나 북한이 아닌 조선이라는 무국적자의 삶을 사는 그는 분명 대한민국 국적을 가진 이들과는 전혀 다른 삶을 살아왔을 것이 분명했다.

'나도 박씨입니다. 잘 부탁해요.'

우리말로 자신의 성씨는 박씨라며, 나와 같은 성씨를 가진 한국 사람이라고 말해 주었다. 의외로 깨끗한 우리말 발음, 한민족이라는 공감대에 왠지 모르게 마음이 쓰였다. 사실 그가 운영하는 카레집은 금방이라도 쓰러질 것만 같은 외관에 찾는 이도 많지 않을 것 같지만, 점심시간이면 500엔 코인 하나로 하얀 와이셔츠의 월급쟁이들의 배를 채워 주고, 저녁이면 선술집으로 그들의 애환을 달래주는 곳이었다. 가장 많이 팔리는 메뉴는 카츠카레 돈가스를 올린 조금 매콤한 카레로, 테이블은

8개뿐이었지만 끼니 때가 되면 붐비곤 했다. 또 몇 번의 방문에서 그가 다른 손님들과 나누는 대화를 들으며 알게 된 사실이지만, 겨울밤에는 따뜻한 피난처의 역할을 자처할 만큼 사장님은 따뜻한 분이기도 했다.

그런 분의 입을 통해 듣게 된 '우리 아이들을 위해서라도 조선인은 죽어야 해!'라는 말은 아마도 자신이 선택한 국적은 아니지만 그 국적을 짊어지고 힘겹게 걸어온 길을 아이들에게는 물려주고 싶지 않다는 뜻이 아니었을까. 이런 생각이 들자, 붉은 얼굴에 긴 코를 가진 텐구의 얼굴은 서서히 인간의 얼굴로 바뀌어 갔다.

그러나 이해는 되지만 공감이 되지는 않았다. 20년이 지나 내 나이 55세가 되었을 때, 대한민국 국적으로 일본에 살아가는 게 아무리 힘겹다 한들 나는 붉은 텐구의 얼굴을 하고 사람들에게 '아이들을 위해서라도 한국인은 죽어야 해!'라고 말할 것 같지는 않다. 오히려 아이들을 위해서라도 한국인은 이 땅 일본에서 더 악바리가 되어야 한다고 말할 것 같다.

나 역시 일본뿐만 아니라 미국을 포함해 고향을 떠난 지 어느덧 20년이 흘렀다. 그러나 아저씨 눈가의 깊은 주름을 보면서 그간 내가 느낀 고난은 어쩌면 아저씨의 일생에 비하면 새발의 피에 지나지 않을 수 있겠다는 생각이 들었다. 그 오랜 시간을 낯선 땅에서 외국인으로 살아갈 수밖에 없었을 선조들은 얼마나 슬프고 서글펐을까. 아저씨와 마지막으로 악수를 할 때 그 손이 참 따뜻하게 느껴진 것은 조선인으로서의 마지막 자존심을 지켜냈다는 무언의 열정이 담긴 온도였을 것이다. 그 따뜻한 손은 붉은 텐구의 얼굴을 한 35살의 내 눈시울을 붉히게 만들고야 말았다.

Ep 07

의외의 등골 브레이커, 일본의 결혼식

일본에서 사회생활을 시작하고, 입사 2년차에 들어섰을 때였다. 당당하게 사내 연애를 하던 3년차 여자 선배에게서 처음으로 청첩장을 받았다. 청첩장은 의외로 두툼했다. 총 세 장의 종이가 들어 있었는데, 첫 번째 종이는 파란 비행기 티켓처럼 생긴 청첩장에 보딩패스라고 쓰여 있었고, 내 이름 세 글자도 보였다. 그리고 비행기 설계도처럼 생긴 종이가 또 있었는데, 이 종이는 참석 유무를 체크해서 우편으로 답장을 해야 하는 것이었다. 마지막 종이에는 신랑 신부의 자기소개 같은 내용이 쓰여 있었다.

업무 중에 받은 청첩장이었기에 틈틈이 시간을 내어 몇 번이고 읽어 보았다. 그리고 점심시간이 되어서야 동기들과 같이 휴게실에 모여 앉아 대화를 나눌 수 있었다. 관리 부문에 일하는 거의 모든 동기들이 청첩장을 받았다고 했다. 여자들은 부러운 눈치였고, 남자들은 결혼과는 거리가 먼 이야기를 하고 있었다.

'난 무조건 30살 전에 결혼할 거야.'

여자 동기들은 그 이야기에 맞장구를 쳤다. 일본에서는 여자 나이 만 30살이 되기 전까지 결혼을 해야 한다는 강박관념이 꽤나 심하다고 동기들이 말해 주었다. 이야기를 듣고 있던 한 남자 동기는 헛기침을 하면서 자신의 여자친구를 바라봤다. 만 24살이던 그들은 서로 바라보면서 알콩달콩 기 싸움을 하고 있는 듯했다.

그때 한국 친구들을 생각해 봤다. 24살, 25살이면 한국에서는 아직 대학교 4학년으로 졸업이나 취업 준비를 하고 있을 나이였다. 결혼과는 아주 거리가 먼 나이대였다. 그도 그럴 것이 한국에서는 재수에 어학연수에 해외경험에 학비 문제로라도 1년 정도의 휴학은 기본이었고, 남자들은 2년의 군생활에 그 외의 일이 겹치는 것까지 계산하면 졸업이 5년이나 늦어지는 경우도 있었다. 그러니까 심한 경우는 한국 나이로 29살이 되어야 사회에 진출하게 되는 것이다. 나는 그나마 27살에 입사해서 한국 남자 동기들 중에서는 1년 정도 빨리 사회생활을 시작할 수 있었다. 그런데 세 쌍의 사내 커플은 내 앞에서 한국의 또래들과는 전혀 다른 생각을 하는 중이었다.

그날 밤, 나는 7평 남짓한 기숙사 방에서 다시 한 번 청첩장을 펼쳐 다이어리에 한 달 후인 선배의 결혼식 날짜를 표시해 두었다. 옷장에는 딱히 결혼식에 입고 갈 만한 옷은 없었지만 항상 입던 나의 전투복을 어루만지며 흐뭇하게 웃었다. 그리곤 결혼식 참석 여부를 묻는 종이에서 '참석'이라고 쓰인 글씨에 동그라미를 쳤다.

다음날 선배에게 공손히 우편물을 전달했고, 선배는 고맙다며 업무 중에도 내내 행복한 얼굴로 싱글벙글이었다. 행복한 여자의 얼굴이 어떤 것인지 알 수 있었다. 선배의 행복한 기운 덕분인지 우리 부서의 공기는 한참동안이나 따뜻했다. 그리고 다시 업무에 집중했다. 시간은 흘러 어느새 퇴근 30분 전이 됐을 때였다. 피곤한 어깨를 주무르고 있는데,

"박 선배!"

작고 아담하지만 똑똑하고 명석해 작은 거인으로 유명한 우리 부서의 신입사원 후배가 공손하게 나를 부르고 있었다. 후

배는 잠깐 나오라는 손짓을 했다. 오피스에서 나와 통로로 나가는 후배의 뒷모습을 보면서 나는 아주 잠시 김칫국을 마셨다. 동료들 사이에서 인기가 꽤나 많은 후배였기에 '설마.. 고백이라도 하려는 걸까..? 난 여자친구가 있는데?!'라는 생각을 하며 혼자 들떠 있었던 것이다.

"무슨 일이야?"

"이거 비밀인데 저 사실"

여기까지만 들었을 때, 나는 심장이 너무나 빨리 뛰어서 차마 숨을 쉴 수 없을 정도였다. 호흡 곤란 증상이 찾아올 것만 같았다. 그럼에도 나는 터질 것 같은 마음을 애써 누르고 후배의 이야기에 귀를 기울였다.

"결혼해요. 우리 부서에는 선배님이랑 하시모토 선배만 초대하는 거라 비밀 지켜 주셔야 해요!"

후배는 청첩장을 내밀었다. 어제는 선배에게, 오늘은 아끼는 후배에게서 두툼하고 묵직한 청첩장을 받게 된 것이다. 나에게 청첩장을 건넨 후배는 미션을 완수한 듯 가벼운 걸음으로 사무실로 돌아갔다. 나 역시 사무실로 돌아와 청첩장을 열어 보았다. 새하얀 종이의 테두리에 금박으로 장식돼 있었고, 역시나 참석 여부를 묻는 엽서 한 장이 동봉되어 있었다. 선배의 청첩장과는 달리 특별한 건 없지만 어딘지 모르게 고결함이 느껴지는 청접장이었다. 나는 역시나 참석 부분에 동그라미를 표시해 후배의 책상 위에 두었다. 다음달에는 두 번이나 결혼식에 참석해야 하는 이벤트가 있다는 사실에 왠지 모르게 설레었지만, 나는 며칠 후 이 설렘이 절망으로 바뀔 거란 사실을 전혀 모르고 있었다.

잔업을 하지 않으면 나의 월급은 세금을 제하고 16만엔, 한국 돈으로 160만원 정도였다. 그런데 일본은 결혼식 축의금을 무려 3만엔, 그러니까 우리 돈으로 30만 원을 내야 한다는 걸 뒤늦게 알게 됐다. 그러나 여기서 끝나지 않았다. 이건 기본 금액이고, 결혼식 후 뒤풀이 참석에 약 1만엔 정도, 한국 돈으로 10만 원을 내야 한다고 했다. 하루에 최소 4만엔, 그러니까 40만 원을 지출해야 한다는 것이었다. 나는 2번의 결혼식에 참석해야 했고, 80만 원의 지출을 막을 길이 없었다. 나중에 알게 된 사실 중 하나는 아무리 친한 사이라고 해도 결혼식 참가는 의무가 아니며, 참석하지 않는 경우도 많다고 했다. 그래서 참석 여부를 묻는 종이가 반드시 필요했던 것을 나는 미처 알지 못했다.

160만 원에서 무려 80만 원을 축의금으로 써 버리고 남은 80만 원으로 어떻게 한 달을 살지 생각하니 막막했다. 그러나 지출은 끝난 게 아니었다. 결혼을 앞둔 커플들을 축하하기 위해 회식을 한다며 회식 참가비에, 부서 후배들끼리 결혼 축하 선물을 한다고 선물 비용까지 나의 지갑은 갈수록 얇아져만 갔다. 정말 결혼식에 몇 번만 더 참석하다간 큰일이 나겠다는 생각이 들었다. 한국처럼 축의금으로 5만 원 정도만 내면 얼마나 좋을까? 다른 사람의 행복을 위해 나는 배고파야 하는 이 아이러니한 상황에 차마 웃을 수도, 그렇다고 울 수도 없었다.

그리고 일본은 '내가 네 결혼식에 갔으니, 너도 와!' 이 공식이 통하지 않는다는 것도 알게 되었다. 내가 뿌린 돈은 다시 회수할 수 없는 돈이었다. 나와는 달리 그것을 크게 상관하지 않는 것도 일본인들의 마인드였다. 의리가 없는 건지, 쿨한 건지 나는 아직도 그 답을 찾지 못했다.

Ep 08

코로나가 알려준 일본의 아날로그식 '천천히' 문화

2022년 1월 19일 수요일 / 바이러스 발생 1일차

"콜록콜록! 파파, 콧물 나.. 목 아파.."

"파파 일하는 중이니까 잠깐만 기다려 봐."

2년째 재택근무 중인 나는 수요일 밤이 가장 바쁘다. 그런데 바로 그 날, 유치원에서 돌아온 쌍둥이 중 둘째 아이가 콜록콜록 기침을 하면서 끊임없이 칭얼거렸다. 그저 감기겠거니, 어린아이들이야 감기에 걸리는 게 일상이니 그때까지만 해도 크게 신경 쓰지 않았다. 그런데 늦은 밤이 되어서도 아이의 기침 소리는 멈추지 않았다. 걱정이 됐다. 혹시, 코로나? 그럴 리가 없다고 생각했다. 코로나라면 가족 모두에게 증상이 나타나야

한다고 생각했기 때문이다. 거의 24시간을 함께 붙어 있는 첫째 아이는 더더욱이나 말이다. 다음날 아침, 기침 탓에 밤새 한숨도 못 잤는지 만 네 살배기 아이의 얼굴에 피곤한 기색이 역력했다.

2022년 1월 20일 목요일 / 바이러스 발생 2일차

아이의 상태가 나빠 보였기 때문에 쌍둥이를 데리고 동네 소아과에 갔다. 아이들이 태어날 때부터 다닌 소아과인 만큼 의사 선생님께서는 아이들의 건강 상태에 대해서 나와 아내보다 더 잘 알고 계시는 분이었다. 선생님은 기침은 하지만 열이 없는 둘째 아이와 너무나도 멀쩡한 첫째 아이 모두에게 감기약을 처방해 주셨다. 다행히 심각한 문제가 아니었던 것 같아 안도의 한숨을 내쉬었다. 우리 네 가족은 집으로 돌아와 점심을 먹었다. 어젯밤까지만 해도 그렇게 기침을 하던 둘째 아이는 약을 먹고부터는 더 이상 기침을 하지 않았다. 첫째 아이는 동생에겐 관심도 없는 듯이 월리를 찾아라 책에서 놀라운 집중력으로 월리를 찾고 있었다. 그리고 밤이 되었다. 아내가 기침을 하기 시작했다.

2022년 1월 21일 금요일 / 바이러스 발생 3일차

둘째 아이는 일어나면서부터 다시 콜록거리기 시작했고, 아내는 열이 38.7도까지 올라갔다. 얼굴은 붉었고, 목이 많이 아프다고 했다. 아내는 아픈 목을 부여잡고 회사에 전화해 남아 있던 40일의 유급 휴가 가운데 하루를 써야 할 것 같다고 말하고는 집에서 쉬기로 했다.

"나 병원에 다녀와야 할 것 같아. 애기들하고 있을 수 있지?"

"그럼. 얼른 다녀와."

아내가 병원에 간 사이 텔레비전 정보 방송에서는 2년간 사람을 지긋지긋하게 괴롭혀 온 코로나 오미크론에 대한 내용을 방영 중이었다. 심상치 않은 느낌이 들었다. 하지만 첫째 아이와 나는 너무나 멀쩡했다. 코로나라면 그럴 수가 없었다. 아무렴..

"나 양성"

단 몇 글자뿐인 메시지에서도 미안함이 느껴졌다. 나는 어서 집으로 오라고만 말했다. 집에 돌아온 아내는 그 큰 눈에 눈물을 다 글썽이고 있었다. 아내는 서둘러 보건소에 전화했다. 이제 어떻게 해야 하는지 들어야만 했다.

"일단 아내분은 양성 환자니까 오늘부터 10일간 다른 가족분들과는 접촉하지 마세요. 더 자세한 내용은 내일 보건소에서 전화를 드릴 겁니다."

아내는 최대한 목소리를 낮춰가며 대답했고, 가족에 대한 미안한 마음을 감추고 싶어했지만 금방이라도 울 것만 같은 두 눈망울은 감출 수가 없었다. 둘째 아이는 그런 엄마를 보면서 안아 달라는 제스처를 취했지만, 그럴 수 없는 현실이 원망스러웠다. 그리고 나는 혹시나 하는 마음에 아내가 검사를 받은 병원에서 검사를 받아 보기로 했다.

이미 양성 환자와 접촉했기에 나는 격리된 장소로 안내를 받았다. 영화나 텔레비전으로만 보던 방역복을 갖춰 입은 선생님이 오시더니 아주 긴 면봉을 나의 코에 넣어 마구 휘둘렀다. 그렇지 않아도 비염이 있는 나에게는 그 몇 초의 시간이 힘들게만 느껴졌다. 그리고 20분 후 검사 결과가 나왔다.

"나 음성이래."

어이가 없었다. 우리 네 가족은 떨어져 있었던 적이 없었다. 늘 같이 있었고, 밥도 같이 먹고, 심지어 집안에서는 마스크를 착용하고 있지도 않았는데 어떻게 아내는 양성이고 나는 음성일까 의문이 들었다. 그러다 문득 '아, 이게 대한민국 국민이 사랑하던 김치의 힘인가'라는 장난스러운 생각을 하기도 했다.

2022년 1월 22일 토요일 / 바이러스 발생 4일차

"밀접 접촉자인 가족분들은 외출이 가능합니다. 다만 마스크 착용하시고 짧은 시간만 나갔다 오세요. 슈퍼마켓 가서 음식을 사는 정도는 괜찮아요. 그리고 월요일에 우편으로 가족분들을 위한 PCR 검사 키트를 보내드리겠습니다. PCR 검사를 하시고 키트는 화요일 아침 9시 40분에서 50분 사이에 지정된 보건소로 운전해서 가지고 오셔서 제출해 주시면 감사하겠습니다. 가족분들은 검사하시고 양성이 나오면 그때부터 자가격리 들어가시면 됩니다. 아내분은 양성 판정받고 10일이 지난 후에 사회에 복귀하실 수 있어요."

보건소 관계자가 전화를 걸어와 나에게 해 준 말들이다. 그런데 이상했다. 나는 양성일지도 모르는 밀접 접촉자이지만 정식 PCR 검사 결과가 없으니 나가서 돌아다녀도 상관이 없다고 했다. 오늘이 토요일이니까 화요일까지는 다녀도 괜찮다는 것이다. 앞뒤 상황이 전혀 이해가 되지 않았다. 그렇다고 스마트폰에 환자의 현황을 확인할 수 있는 어플을 깔라거나 매일 전화로 상태를 확인하겠다는 말도 없었다. 긴박하게 돌아가는 상황과는 다르게, 현장에서 취해지는 조치들은 느슨하기 짝이 없었다. 그런 상황을 아는지 모르는지 아이는 엄마랑 놀고 싶다고 했다. 내 다리에 매달린 채로 나를 바라보는 아이의 눈동자를 보면서 나는 딱히 해 줄 수 있는 말이 없어 답답하고 또 미안했다.

2022년 1월 23일 일요일 / 바이러스 발생 5일차

우리집 풍경은 이전과는 많이 달라져 있었다. 둘째 아이는 다시 기침을 시작했고, 첫째 아이는 계속해서 월리를 찾는 일에 집중했다. 아내는 방에서 나오지 못하고 있었다. 나는 아무것도 할 수 없었다.

2022년 1월 24일 월요일 / 바이러스 발생 6일차

밤이 되어서야 PCR 검사 키트가 도착했다. 비염을 가진 나에게는 아주 다행스럽게도 입에 물고만 있으면 검사가 되는 검사 키트였다.

"파파, 그거 뭐야?"

"이거 파파랑 너랑 동생이랑 몸속에 코로나라는 나쁜 친구가 있는지 없는지 확인하는 거야."

아내와는 계속해서 전화 통화만 해야 했다. 벽 너머 혼자 외로이 코로나 오미크론과 싸우고 있는 그녀가 안쓰럽기도 하고 대견하기도 했다.

2022년 1월 25일 화요일 / 바이러스 발생 7일차

아침 일찍 일어난 나는 아이들과 함께 뽀로로를 보면서 어젯밤에 받은 PCR 검사 키트로 코로나 검사를 진행했다. 그리고 검사 키트를 제출하기 위해 보건소로 향했다. 이미 많은 사람들이 대기 중이었다. 결코 좋은 상황이 아니라는 것을 다시 한 번 느낄 수 있었다.

"검사 결과는 빠르면 내일, 늦으면 금요일에 알려드리겠습니다. 돌아가셔도 좋아요."

"네? 금요일요?"

"네, 금요일입니다."

"그럼 그때까진 어떻게 해야 하죠? 밖에 음식 사러 가도 되나요?"

"네, 밀접 접촉자이시니까 음식은 사러 가셔도 되고, 대신 마스크는 꼭 하세요."

나는 두 귀를 의심하지 않을 수가 없었다. 검사 결과가 3일이나 지난 후인 금요일에 나올 수도 있다는 것도 당황스러웠지만, 그동안은 결과를 모르니 마음대로 돌아다녀도 괜찮다는 것은 더더욱 이해가 되지 않았다. 아니, 양성이 나올 수도 있지 않나. 그렇다면 바이러스는 가지고 있는 건데 정말 그렇게 자유롭게 다녀도 되는 걸까? 정말 이것이 코로나에 대응하기 위한 나라의 방침이 맞나 의심스럽기까지 했다. 나는 집에 돌아와서 아내에게 있는 그대로 이야기를 전했고, 아내는 일본의 대응에 실망한 듯 더 이상 말해서 뭘 하겠냐는 식으로 답했다.

"파파, 유치원 언제 가..?"

“미안.”

“유치원 가고 싶은데.. 히잉..”

2022년 1월 26일 수요일 / 바이러스 발생 8일차

보건소에서는 아무런 연락이 없었다. 둘째 아이는 기침을 멈췄고, 첫째 아이는 아마존으로 주문한 월리를 찾아라 2에서 월리뿐만 아니라 마법사 친구와 월리의 여동생으로 보이는 여자 월리까지 찾기 시작했다. 아내는 여전히 혼자서 코로나와 싸우고 있었다.

2022년 1월 27일 목요일 / 바이러스 발생 9일차

아내와 생이별한 지 벌써 8일째다. 1m 거리에 있으면서 얼굴을 볼 수도 없었다. 그래서였을까. 어쩐지 나도 온몸에 힘이 없었다. 아이들은 엄마와 전화 놀이를 하고 있었고, 역시나 보건소에서는 연락이 오지 않았다.

2022년 1월 28일 금요일 / 바이러스 발생 10일차

"검사 결과, 남편분이랑 아드님까지 세 분 다 양성으로 나왔습니다. 그러니 발생일로부터 10일간, 1월 30일까지는 밖에 나가지 마시고, 1월 31일부터 일상적으로 활동 가능합니다. 그리고 양성 확인 서류는 2주에서 3주 내에 보내드리도록 하겠습니다."

밤 8시가 되어서야 보건소에서 전화가 왔다. 아이들과 나는 1월 29일과 1월 30일 이틀간 정식 격리를 하라고 했다. 또 한 번 이해할 수 없는 대책이라 생각했다. 물론 우리 가족은 혹시나 하는 마음에 온라인으로 쇼핑해서 음식물을 조달했는데, 코로나 발생일부터 단 한 번도 보건소에서 확인 전화가 온 적이 없었다. 검사 결과를 기다리는 동안은 물론이고, 결과가 양성으로 나온 사람들까지도 마음만 먹으면 얼마든지 사회생활을 할 수 있는 상황이었던 것이다. 만약 그렇더라도 일본 정부는 그것을 막을 방법도, 확인할 방법도 가지고 있지 않았다. 이게 정말 제대로 된 방역이 맞는 걸까. 물론 오미크론이야 치명률이 많이 낮아졌다고는 하지만, 치사율이 높은 델타 바이러스가 유행할 때도 정부는 크게 다르지 않았을 것이라는 생각이 들었다.

2022년 1월 29일 토요일 / 바이러스 발생 11일차

월리를 찾아라 2가 거의 다 끝나갈 때 아이들은 완전 정상으로 돌아왔다. 나 혼자만 정신이 피폐해져 갔다.

2022년 1월 30일 일요일 / 바이러스 발생 12일차

크게 바뀐 건 없었다. 하지만 내일이면 희망의 태양이 떠오른다는 사실에 너무나 흥분이 되었고 3일 만에 목욕을 했다. 아이들은 어제 주문한 월리를 찾아라 스페셜에서 이제는 동네 고양이를 찾듯이 월리를 아주 쉽게 찾아내고 있었다.

2022년 1월 31일 월요일 / 바이러스 발생 13일차

나와 가족들은 감옥을 탈출하는 빠삐용처럼 현관문을 열며 맑은 공기를 한껏 들이마셨다.

"안녕, 사회야! 반갑다."

나는 지금까지만 해도 조금 느리게 흘러가는 일본의 아날로그식 시스템에 대해 큰 불만이 없었다. 한국 사람들이 일본에 와서 느려 터진 행정 처리와 아날로그식 문화에 치를 떠는 모습을 많이 봐 왔지만 나는 천천히 가는 그들의 문화를 존중해 왔다. 하지만 내 가족의 건강과 나아가 국민들의 건강까지 위협받는 상황에서도 같은 방식으로 대응해서는 안 된다고 생각한다. 허술함도 아닌, 아예 없다시피 한 방역을 하는 일본 정부를 보면서 나는 크게 실망했다. 내 몸에 코로나 바이러스 항체를 갖게 되고 나서야 비로소 일본의 시스템이 많이 낡아 있다는 것을 실감할 수 있었다.

Ep 09

밤하늘의 별이 된 그를 위한 일본의 장례식

2019년의 어느 날. 오랜만에 첫 회사 동기에게 한 통의 문자를 받았다

"그 애 죽었대. 장례식을 치를 예정이라고 해서 사람들을 모으고 있는데, 박군은 갈 거지?"

"아니. 왜 그렇게 됐대?"

눈물이 흐르지는 않았지만, 공허함이 밀려오고 묵직한 무언가가 가슴팍을 누르는 듯한 답답함이 느껴졌다. 신입사원끼리 회식 또는 모임에 갈 때면 그는 항상 내 앞이나 옆에 있었다. 신입사원임에도 불구하고 유독 나이가 많다는 점이 그와 나의 공통점이었는데, 나는 한국인으로서 의무적으로 군대를 다녀

오느라 동기들보다 2살 혹은 3살이 많았지만, 그는 그런 나보다 네 살이나 더 많았다. 그 점이 우리가 서로를 조금은 특별하게 여기게 만들지 않았을까 싶다.

그는 184cm의 거구에도 불구하고 다소 투박한 외모와 웃음을 가지고 있어서 술자리에서 부담없이 편하게 이야기할 수 있는 상대였다. 모임에서는 늘 먼저 말을 걸어줬고, 유독 밤하늘의 별에 대한 이야기를 많이 들려주곤 했다. 알고 보니 대학교를 졸업하고 천체학과 대학원에서 석사를 취득하고, 다음 스탭인 박사 학위를 위해 다시 대학원에 진학할지 좋아하는 것을 뒤로 하고 현실과 타협해 일반 회사에 입사할지를 고민했었다고 한다. 결국 그는 별과는 전혀 상관없는 제조업 회사에서 임원진 회의를 조정하는 업무를 맡았고, 늘 윗사람들에게 혼나는 신세였다. 하지만 동기들과 있을 땐 6살, 7살 어린 동생들의 짓궂은 장난에도 늘 유쾌하게 웃으며 분위기 메이커 역할을 하던 그였다. 시간이 흘러 우리는 비슷한 시기에 함께 퇴사를 했었다. 그리고 몇 년 후, 후쿠오카에서 진행된 한 동기의 결혼식에서 그를 만날 수 있었다.

"兄貴！来たの？名古屋から？(형님, 나고야에서 온 거야?)"

"そうだよ' 朴君も久しぶりだね (그렇지, 박군 오랜만이네.)"

결혼식에서도 우리는 옆자리에 앉아서 신랑 신부를 축복하며 서로의 근황을 물었다. 결국 그는 밤하늘의 별을 버리지 못해 이곳저곳 나라를 떠돌며 천체 망원경에 의지하여 밤하늘을 관찰하는 연구를 하고 있다고 했다. 그가 칠레에서 찍은 밤하늘 사진을 보여줬을 때는 잠시 타임머신을 타고 신입사원 시절로 돌아간 듯했다. 결혼식이 끝나고 우리는 짧은 만남을 뒤로 한 채로 나는 오사카로 돌아가는 신칸센, 그는 나고야로 돌아가는 신칸센 하카타 역에서 인사를 주고받았다.

"朴君,また会おうな！(박군, 또 만나!)"

"兄貴そうね！またね！(형님, 그래, 또 봐!)"

이것이 그와 나의 마지막 만남이었다. 결혼식이 끝나고 몇 개월이 지난 후에 소식을 들었으니 그것이 그와 나의 마지막 만남이자 마지막 인사가 되었던 셈이다. 밤하늘의 별을 관찰하고 호텔에 돌아가 연구 보고서를 쓰고서, 그는 그대로 잠들어 하늘나라의 별이 된 것이다. 술도, 담배도 하지 않던 그였기에 도무지 믿을 수 없는 일이었다.

나의 아내는 염주와 함께 천으로 된 전용 지갑에 헌 지폐를 넣어 부조금으로 준비해 주었다. 일본에서는 예정된 이벤트인 결혼식에는 축의금으로 신권을 내고, 예정되지 않은 장례식에는 부조금으로 헌 지폐를 내는 것이 예의라며 일본식 장례식장에 처음 가는 나를 챙기며 조심히 다녀오라고 등을 토닥여줬다.

비가 내리던 이른 아침, 신오사카 신칸센 안에서 우연히 몇몇 동기들을 만날 수가 있었다. 우리는 그저 평범한 이야기를 나눴다. 그 부장님은 요즘 어떠냐, 누구는 다른 회사로 이직했더라, 곧 집을 사야 하는데 맨션을 살까, 단독 주택을 지을까, 애기들 키우는 건 어떤가 등 너무나도 평범한 이야기들이었다. 입을 맞춘 것도 아닌데 하늘나라로 간 동기에 대해서는 누구도 이야기하지 않았다. 그러나 우리의 옷차림이나 분위기는 누가 봐도 장례식장에 가는 사람들이라고 말해 주고 있었다.

장례식장에는 이미 조문객들이 많이 모여 있었다. 그의 장례식장 앞에는 그가 퇴사를 한 후 몇 년에 걸쳐 쓴 별에 대한 논문과 함께 우리 동기들과 찍은 사진, 천체 망원경 안에서 웃고 있는 그의 사진이 담긴 포토 프레임이 있었다. 사진 속 그의 얼굴은 6년 전 그때와 변함이 없었지만 천체 망원경 안에서 브이를 하며 웃는 그의 얼굴은 그 어느 때보다 더 화사해 보였다.

장례식장 입구에는 그의 가족들이 서 있었고, 우리는 그분들께 조의금을 전달하며 인터넷에서 찾아본 일본 장례식에서 해야 하는 말들을 조심스레 전했다. 그리고 우리는 종이 가방을 하나씩 받았다. 나중에 확인했지만 그 안에는 커피와 몇 장의 종이가 들어 있었다. 그 종이에는 장례식장에서 진행되는 의식이나 예절에 대한 이야기가 쓰여 있었다.

우리는 장례식장 제일 뒤쪽에 줄지어 앉아 있었다. 곧 아나운서가 나와 진행을 하고, 스님이 불경을 읽고, 그의 형으로 보이는 남자분이 추모사를 낭독했다. 그리고 한 사람씩 일어나 관 안에서 조용히 눈을 감고 있는 그에게 꽃을 넣어 주고는 향을 피우기 위해 줄을 섰다.

"너희 향 피우는 법 알아?"

"아니, 몰라. 아까 입구에서 받은 종이 가방에 향 피우는 방법이랑 합장하고 고개를 몇 번 숙여야 하는지 적혀 있는 종이가 있던데?"

나는 서둘러 읽어 봤지만 도대체 그림이 그려지지 않았다. 옆에 있던 동기는 어느새 유튜브로 장례식에서 향 올리는 법을 찾아서 보고 있ㅈ었다. 결국 우리는 유튜브를 보며 엉거주춤 따라 했다. 향을 올린 후에 누워 있는 그의 모습을 바라보았다. 눈가의 주름, 가만히 다문 입.. 그는 잘 정리된 곱슬머리에 깔끔한 정장을 입은 채 고요하게 낮잠을 자고 있는 것만 같았다.

"さよなら､よく休んでください。(안녕, 잘 쉬어요)"

어디선가 흐느끼는 소리가 들리기도 했지만 전체적으로 조용한 분위기였다. 한국의 장례식에서는 합장을 하고 고인의 명복을 빌어준 후에 식사를 하지만 일본은 자리에 앉아 진행자의 말에 따라 절차를 진행한다. 하나의 절차가 끝나면 다시 자리로 돌아와 앉아 있어야 했다. 장례식장 안에서의 절차가 다 끝나자 조문객들을 모두 통로로 나가 서게 했다. 그의 관이 운구 차량에 들어가는 것을 보기 위해서였다.

빠앙—

그의 관이 차에 실리자 크고 긴 경적이 울렸다. 그렇게 장례식은 끝이 났다. 여자 동기들은 손수건으로 눈물을 훔쳤다. 남자 동기들은 서로 어깨를 토닥여 주며 장례식장을 빠져나왔다. 그리고 우리는 다시 일상을 이야기했다. 밖에는 조용히 비가 내리고 있었다.

"朴君は大阪？今から(박군은 이제 오사카)？"

“うん新大阪かな(응. 신오사카일꺼야.)”

“またねみんな (다들 또 봐)！”

“そうだね、またね(그래, 또 봐)！”

떠나 보낸 그와 마지막으로 나눈 인사를 동기들과도 나눴다. 20년이 지난 후에 다시 만나더라도 우리는 항상 20대 초중반의 신입사원일 것이 분명했다.

신칸센을 타고 오사카로 오던 길에 나는 그의 페이스북을 보며 죽음에 대해 생각했다. 갑자기 인생에 마침표를 찍어야 한다는 게 얼마나 마음 아픈 일일까. 집에 돌아왔을 때는 비구름 사이로 석양이 비치고 있었다. 이후로 나는 그날처럼 석양이 드리울 때면 여전히 그를 떠올린다. 그는 그토록 좋아하던 밤하늘의 별이 되었을 것이 분명했다. 그리고 나는 가끔 밤하늘을 올려다보면서 나의 첫 일본 장례식이 밤하늘 별을 좋아하던 듬직한 그의 장례식이었다는 것에 감사하고 있다.

에필로그

평범한 네 남자의 일본 이야기가 모두 끝났습니다. 이 책의 마지막 페이지에 도달하신 독자 여러분에게 감사의 말을 전하며 이제 우리의 마지막 이야기를 전합니다.

우리의 일상을 이야기해 보자며 입을 모은 지도 어느덧 1년이 지났습니다. 책을 완성하고 나니 지난 1년간의 시간이 주마등처럼 스쳐 지나갔습니다. 그 시간이 길게 느껴지지는 않았습니다. 우리가 지난 일을 추억하고 때론 반성하며 써 내려 간 이야기가 독자 여러분에게 조금이나마 흥미롭게 다가가지 않을까 하는 기대감이 있었기 때문입니다. 그렇게 지난 1년은 우리에게 굉장히 의미 있는 시간이었습니다.

때로는 의무감으로, 때로는 오기로 걸어온 시간이었습니다. 본업이 아니라는 이유로, 바쁘다는 이유로 중간에 그만두고 싶었던 적도 있었습니다. 하지만 막상 이렇게 끝을 맺고 나니 후련하기보단 아쉬움이 더 크게 남습니다. 그래서 저희 네 사람은 여기서 멈추지 않고 앞으로도 계속해서 글을 써 나갈 생각입니다. 블로그를 포함해 각종 SNS를 통해서, 아니면 또 다른 책을 통해 계속해서 우리의 이야기를 해 나갈 생각입니다. 책을 쓰는 1년 여의 시간이 즐거웠기 때문입니다. 그리고 우리의 이야기를 본 독자분들 중 한 분이라도 일본 취업이나 일본살이에 관심이 생긴다면, 실제로 작은 힘이라도 얻으셨다면 저희는 그걸로 충분합니다.

마지막으로 우리의 글이 좋은 책으로 탄생할 수 있도록 끝까지 함께 해 주신 파지트 멤버들에게 진심으로 감사를 드리며 여기서 이 책의 마침표를 찍고자 합니다.

다시 한 번 끝까지 읽어 주신 독자 여러분, 감사합니다.

우리는 지금 일본에 살고 있어요

초판 1쇄 인쇄 2022년 6월 24일
초판 1쇄 발행 2022년 6월 30일

책임편집 최보문
편집 윤소연
디자인 박영정
마케팅 총괄 임동건
마케팅 지원 전화원, 한민지, 이제이, 한솔, 한울
경영지원 임정혁, 이지원
펴낸이 최익성
출판 총괄 송준기
펴낸곳 파지트

출판등록 2021-000049호
제작지원 플랜비디자인
주소 경기도 화성시 동탄원천로 354-28
전화 070-7672-1001
팩스 02-2179-8994
이메일 pazit.book@gmail.com

ISBN 979-11-92381-09-1 03810